L'ivoire du Magohamoth

SÉRIE LANFEUST DE TROY
DANS LA BIBLIOTHÈQUE VERTE

L'ivoire du Magohamoth   *Thanos l'incongru*

ARLESTON – TARQUIN

L'ivoire
du Magohamoth

Texte de Chris et Pat

© GERONIMO-ARLESTON-TARQUIN
© Hachette Livre, 2003.

Tous droits de traduction, de reproduction
et d'adaptation réservés pour tous pays.

Hachette Livre, 43, quai de Grenelle, 75015 Paris.

chapitre 1

Chaud devant !

S'il y avait bien une chose dont on pouvait être sûr en arpentant les ruelles de Glinin, c'était de ne pas mourir de surprise. En effet, il ne s'y passait jamais rien de remarquable. L'herbe y était d'un vert affligeant de banalité, le ciel d'un bleu... bleu et les saisons se succédaient sans que personne n'y trouve rien à redire.

L'unique endroit un tantinet animé du village était la forge de maître Gramblot. La notoriété du forgeron dépassait presque les limites du canton tant son ingéniosité était réputée.

Ainsi, les affaires du maître forgeur se portaient à merveille. L'établissement, niché au cœur d'un vaste hangar, ouvrait directement sur la place principale du village. Dès l'aurore, la forge exhalait d'impressionnantes volutes de vapeur rougissant à la lueur du métal en fusion.

Tout au long de la journée, une foule hétéroclite de clients se faufilait au milieu de l'incroyable bric-à-brac encombrant l'atelier. Là, coincés entre une paire de chaudrons et un tas de ferrures rouillées, bûcherons, paysans et maris jaloux tentaient de passer commande dans le roulement des enclumes martelées. Les bûcherons apportaient leurs haches à l'affûtage, les paysans faisaient ferrer leurs bêtes et les maris jaloux leurs épouses. Nombreux étaient ceux qui, suants et congestionnés, tentaient de marchander avec maître Gramblot. En contrebas, les apprentis suivaient ce manège d'un œil amusé, tout en surveillant les cuves de métal en fusion.

Au beau milieu de ce remue-ménage se tenait le jeune Lanfeust.

Indifférent aux allées et venues, il martelait une pièce de fer avec application. Il s'employait à étirer, laminer, transformer le métal rougi en une délicate dentelle destinée à devenir une splendide armure. C'était là une commande spéciale, loin des travaux habituels. Son chef d'œuvre de fin d'apprentissage. Maître Gramblot lui-même en avait dessiné les moindres détails, et cela faisait maintenant six mois que le jeune homme, entre deux chaudrons, se consacrait à cet ouvrage délicat.

Il aimait le travail à la fois puissant et créatif de la forge, s'amusant des arrondis et des courbes qu'il se surprenait à imaginer. Immanquablement, les courbes se superposaient à d'autres et son esprit s'envolait dans une troublante rêverie peuplée d'une certaine damoiselle...

« ... feust ! »

Devant l'absence de réponse, maître Gramblot cria une nouvelle fois à travers l'atelier :

« Lanfeuust ! »

En équilibre précaire, le forgeron semblait occupé à danser la gigue, accroché à la patte arrière d'un énorme buffle de trait. Il venait tout juste de lui ôter un fer endommagé, mais la pauvre bête, loin d'être reconnaissante, semblait hésiter entre lui fracasser le crâne d'un coup de sabot ou l'enfumer de ses terribles flatulences. D'un mouvement leste, maître Gramblot bondit sur le côté, saisit une sangle de contention et immobilisa le jarret de l'animal. Puis il se tourna vers la forge en contrebas, tandis que les autres novices, sentant venir l'orage, se couvraient les oreilles.

Sa voix puissante déchira le fracas ambiant.

« LANFEUEUEUST !! »

Le jeune apprenti sursauta. Émergeant brutalement de sa torpeur, il faillit s'écraser un doigt en lâchant son marteau. Il leva la tête, le visage à demi masqué par ses cheveux poisseux de sueur.

« Ha, heu... oui ? Vous me parliez, maître Gramblot ?

— Sang et fumée ! Tu rêves encore, pendant que je lutte en pleine pestilence ! Rapplique par ici. J'ai besoin de toi pour réparer le fer qui a blessé cette pauvre bête...

— J'arrive tout de suite ! »

Lanfeust lâcha aussitôt son ouvrage, escalada les marches quatre à quatre et accourut auprès de son maître. Il s'arrêta devant le buffle, le souffle court. La pauvre bête avait fini par se décider pour une vengeance odorante.

« Je... j'édais goncentré, baître Gramblot. C'est bour ça que je ne vous ai bas endendu...

— C'est bon, Lanfeust. T'as un peu l'esprit ailleurs, mais tu fais du bon boulot. En revanche, évite de parler ainsi avec tes deux mains sur le nez. Tes propos y perdent considérablement en clarté, sais-tu ? »

Le forgeron retira un objet tordu sous le sabot du buffle et le tendit à son apprenti.

« Tiens, redresse-moi ce fer et je te libère. La journée a été longue, aujourd'hui.

— Merci ! dit Lanfeust. Surtout que j'ai des projets pour ce soir », lança-t-il l'œil pétillant et la joue empourprée.

Le forgeron lui assena une bourrade.

« Alors dépêche-toi. Si elle est jolie, tu ne dois pas être en retard. Finis vite et prends un bain. Tu dégages une odeur de troll ! »

Lanfeust redescendit les marches, plus calmement cette fois, tout en jaugeant la déformation du fer que son maître venait de lui confier.

« Hum, ce n'est pas grand-chose, se dit-il. Un brin de chauffe, quelques coups de marteau, et c'est fini... Allez, courage, Lanfeust. Tu vas bientôt pouvoir filer au rendez-vous le plus passionnant de toute ta vie. Vivement ce soir ! »

Chassant toute pensée perturbatrice, le jeune homme saisit la pièce de métal entre les mâchoires d'une lourde tenaille. Il fit le vide dans son esprit et se concentra. Il aimait ce moment délicat où la magie s'éveillait au plus profond de lui. Chaque fois, un étrange picotement le surprenait derrière la nuque, tandis que ses cheveux se dressaient vers le ciel. En ces instants, Lanfeust ressemblait à un faune espiègle auréolé de flammes.

Le fer commençait à changer de couleur. Le jeune homme avait alors l'impression d'entrer petit à petit en harmonie avec le métal froid. Ensuite venait la chaleur. Il fallait à tout prix la maîtriser pour ne pas endommager l'ouvrage, ainsi que lui avait appris maître Gramblot :

« Observe ta pièce lorsqu'elle rougeoie, qu'elle commence à s'assouplir, prête à se soumettre à ta volonté. Mais attention, si tu interviens trop tôt, elle risque de se rompre. Et si tu attends, elle va se déformer, s'alanguir définitivement.

— Mais comment savoir, maître, à quel moment agir ?

— Écoute. Écoute et tu percevras le chant du métal. Alors tu pourras jouer du marteau debout. »

C'était peut-être un détail pour Lanfeust, mais pour Gramblot ça voulait dire beaucoup. Au début de son apprentissage, le garçon avait beau écouter de toutes ses forces, il n'entendait rien. Sachant à quel point son maître y tenait, il s'était penché plus près du tison. Toujours rien. Puis il s'était approché un peu plus : son oreille avait mis deux semaines à cicatriser.

À l'époque, il en avait voulu à maître Gramblot, persuadé d'avoir affaire à un fou. Un jour, il avait compris en percevant la douce mélopée du métal lorsqu'il avait frappé sur l'enclume. Ce jour-là, il était devenu un forgeron.

Lanfeust fut arraché à ses songes par le chuintement attendu. Il leva aussitôt son marteau et l'abattit avec précision. Le fer porté au rouge changea subtilement de forme et il le plongea immédiatement dans un seau d'eau froide. Puis il l'en ressortit encore fumant et éprouva du bout de son gant le relief du métal, un sourire satisfait aux lèvres. Ce fer était parfait, le pauvre buffle ne souffrirait plus.

Abandonnant marteau et enclume, il rejoignit fièrement maître Gramblot occupé à négocier avec les propriétaires de l'animal.

« Et voilà.

— Beau travail ! approuva le forgeron en brandissant l'objet tel un trophée. Et maintenant dépêche-toi. Il me semble que tu as rendez-vous, non ? »

Lanfeust ne se le fit pas dire deux fois. Il se saisit d'un chiffon et épongea son front constellé de gouttes de suie, avant de le jeter dans l'âtre. Puis, charriant un seau plein de galets brûlants, il se dirigea d'un pas traînant vers le fond de la forge. Il écarta une vieille tenture effilochée. Un large sourire se peignit sur son visage. Il fit un pas et le rideau retomba sur sa silhouette. Lanfeust venait de disparaître dans la retraite la plus convoitée de tout le village de Glinin : le salon-de-bain de maître Gramblot.

chapitre 2

Froid derrière !

Lanfeust déposa à terre son seau rempli de galets brûlants et s'étira longuement.

« Mmrrrwwoaaaww... le meilleur moment de la journée », lâcha-t-il en étouffant un bâillement.

En fait de salon-de-bain, l'endroit était surtout un débarras envahi d'objets hétéroclites : bonbonnes de sel, bouts de tuyauterie, pièces d'armure, serviettes brodées, projets de travaux abandonnés, fioles d'huile parfumée et autres bocaux de fruits à l'eau-de-vie. Un peu comme le grenier d'un antiquaire manchot aménagé dans le noir par un plombier épileptique sur les conseils d'un épicier sourd.

Malgré tout, ce bric-à-brac exhalait les parfums rassurants et familiers de l'univers quotidien de Lanfeust. Bois, fer martelé et fragrances âcres de cuir bouilli... Avec une note discrète de bouse de pétaure, aussi. Mais bon, maître Gramblot n'avait jamais été très porté sur le ménage de toute façon.

Au centre de la pièce, on avait disposé un large baquet poncé et huilé, surmonté d'un splendide robinet de cuivre à tête de dragon. Grâce à un ingénieux système de siphon, le tub ainsi constitué pouvait servir de baignoire acceptable. Lanfeust y fit couler de l'eau claire, puis déversa les galets brûlants rapportés de la forge, qui plongèrent en produisant de petits jets de vapeur.

« — Et glou et glou et glou et glou... »

Il s'assura que la tenture masquait bien l'entrée et retira ses gants. Il abandonna ensuite ses bottes, ses guêtres, et dénoua le lacet retenant son tablier d'apprenti. Enfin, il se défit de ses culottes de toile rêche avec un sourire de satisfaction. Une fois nu comme un ver, il vérifia que personne ne venait... et prit quelques poses avantageuses devant un vieux miroir de métal poli. Finalement, il se décida à enjamber le baquet.

Ses yeux rougis par la vapeur se plissèrent. Il se trempa, grognant de plaisir.

« Hhhhhhhhhhhhaa... Un chouette bain et la joie du travail accompli, voilà le vrai sens de la vie ! Sans compter qu'aujourd'hui, c'est une occasion toute spéciale. »

Il se laissa glisser jusqu'à ce que sa tête descende sous la surface de l'eau. Il compta jusqu'à dix puis remonta dans un nuage de bulles.

« Hardi, Lanfeust !... Bulb bulb... che choir, bulb... c'est LE soir. Pfouicht. C'Ian ma toute belle a enfin accepté mon invitation ! Gloglogloglo... Et cette fois-ci, c'est décidé : j'ose ! J'essaye de l'embrasser. Alors pas question de ressembler à un paysan crotté... Mmmm, voyons voir où est passée cette brosse... Ah ! la voilà... »

Lanfeust s'empara de sa brosse en poils de zdarh véritable et commença à se frotter vigoureusement le dos. Il sifflotait un air plein d'entrain. Arrivé au refrain, il plaça la brosse devant sa bouche et entonna avec enthousiasme :

« Donzelle-eu je suis ton troubadouu-uuurrrr-eu ! Cette nuit donne-moi ta fleur d'amoooouuuurrrrr-eu ! »

À défaut de sonner juste, la performance vocale méritait d'être saluée pour sa puissance. Certains témoignages prouvèrent d'ailleurs par la suite qu'on avait distinctement entendu le cri au-delà du village. Même si, sur le moment, on avait surtout évoqué le brame du karibe mâle en pleine saison des amours.

Lanfeust se frottait avec énergie. Il mettait au point ses projets pour la soirée à venir. Le sujet de cette intense réflexion se définissait en quelques mots : l'une des deux filles du vieux Nicolède.

Nicolède était un sage d'Eckmül, l'un de ces vénérables savants chargés d'assurer le relais du flux occulte qui traverse le monde de Troy. Tout comme ses confrères, sa présence était impérative pour permettre aux habitants locaux d'exercer leurs pouvoirs. Sans sage, pas de magie ! Mais nous reviendrons sur ce point.

Dans la région, chacun s'accordait à dire que Nicolède était un brave homme. Son regard pétillant d'intelligence, ses conseils avisés et la franchise de son coup de fourchette en faisaient un personnage local très apprécié. Pourtant, aux yeux de Lanfeust, sa principale qualité était avant tout d'avoir deux filles exquises. C'Ian était aussi douce et blonde que Cixi était brune et impétueuse. Toutes deux étaient aussi belles et semblables de visage que différentes de caractère. Et Lanfeust, depuis sa plus tendre enfance, considérait C'Ian comme sa fiancée. Nul dans le village ne doutait que ces deux-là seraient un jour mariés.

Redoublant de vigueur, l'apprenti forgeron s'acharna à faire disparaître de sa peau les ultimes traces de suie de la journée.

« Un dernier p'tit coup sous les bras, et hop ! Comme ça, ma sublime C'Ian ne pourra pas dire que j'ai encore l'air d'un éleveur de pétaures. »

Lanfeust se laissa retomber dans l'eau du bain. Il faisait machinalement des ronds dans l'eau avec sa brosse. À l'évidence, il ne trouverait plus le moindre bout de peau à récurer aujourd'hui. Il ferma les yeux, projetant sur l'écran de ses paupières closes l'image de la jeune fille qui occupait ses pensées. Il détendit ses muscles et essaya de se préparer au romantique tête-à-tête de ce soir.

« Bon, je peux lui demander de faire un petit tour avec moi jusqu'au bord de la rivière.

Yaou !

Et on ira sous le saule pleureur.

YAOU !

Et elle voudra bien qu'on s'embrasse... »

Lanfeust jeta en l'air sa brosse dans un élan d'enthousiasme.

« YAOUUUUU !!

— Salut, Lanfeust. J'te dérange pas, hein ? »

Il sursauta. Cixi venait de surgir de la tenture censée le protéger des regards. Il eut tout juste le temps de remarquer qu'elle avait mis les plus minuscules de ses habituels vêtements rouges. La brosse retomba dans le baquet avec un plof manquant de distinction.

« Ah ! Tiens, euh, bonjour Cixi... Tu étais là ?... Je veux dire, depuis longtemps ?

— Tu veux savoir quoi, au juste ? Si je t'ai vu te curer le nez sur le rebord de la baignoire, ou bien avant, quand tu faisais ton intéressant tout nu devant le miroir ?

— Hein ? ! Mais ce n'est pas bien de rentrer chez les gens sans frapper !

— Si tu veux, je te frappe, susurra-t-elle amusée.

— Pas du tout, bredouilla-t-il. Je... »

Mais la jolie brune ne lui laissa pas le temps de répondre, le pressant de questions comme seules les filles savent le faire.

« Tu semblais bien joyeux. Il y a une raison ?

— Ça ne te regarde pas, répliqua Lanfeust.

— Ah oui ? Très bien ! » lâcha Cixi.

Elle fit le tour du baquet, les poings sur les hanches.

« Il est évident qu'il y a bien trop d'eau là-dedans. Au fait, tu te rappelles que mon pouvoir consiste à transformer l'eau en vapeur ou en glace, hein ? »

Un sourire inquiétant flottait sur ses lèvres.

« Cixiiiiiii...

— Et si on en vaporisait un petit peu, mmm ?

— CIXIIII... »

Un sifflement puissant monta dans les airs tandis que la chevelure noire de la jeune femme s'élevait en élégantes arabesques. Ses mèches mouvantes ressemblaient à des serpents ondoyants, et donnaient à Cixi l'air d'une gorgone. Lanfeust, impuissant, regarda l'eau du baquet se transformer en volutes de vapeur. La fumée s'enroulait autour de ses cuisses et se dispersait rapidement.

« Mais enfin ! N'enlève pas tout ! Je suis tout nu, là-dedans !

— Hihi ! En effet. Et je constate que tu as l'air plutôt content de me voir, finalement.

— ...

— On va arranger ça. Un peu de fraîcheur calmera tes afflux sanguins. »

D'un simple hochement de tête, elle transforma la vapeur d'eau en glace. Une chute de grêle retomba aussitôt sur l'apprenti forgeron, dans un poc-poc-poc des plus déprimant.

« AH ! Brrrr... c'est gelé ! hoqueta Lanfeust.
— Ah oui, c'est souvent comme ça, les glaçons.
— Tu me [poc] paieras ça [poc] sale teigne [poc] ! articula Lanfeust en balançant une

pleine poignée de grêlons vers Cixi qui s'éloignait. T'es même pas jolie, d'abord ! Attends que je sorte et... »

Mais la silhouette avait déjà disparu dans un rire cristallin. Lanfeust enrageait.

« Marre à la fin ! »

Le garçon écrasa frénétiquement ses poings dans son baquet. Apparemment, il avait la ferme intention de transformer le tout en glace pilée. Seule l'arrivée de maître Gramblot l'interrompit. Écartant la tenture, le forgeron l'interpella.

« Dis donc, Lanfeust, quand tu auras fini de jouer, viens refaire un tour à la forge. J'aurai besoin de toi.

— Mais, maître Gramblot, vous m'aviez dit...

— Je sais, mais tout est changé. Un authentique chevalier des Baronnies vient d'arriver et il a besoin de nous prestement. Je sens que quelque chose se prépare. Habille-toi vite et rejoins-nous. »

Le forgeron s'éloigna, tandis que la tenture retombait.

Ravalant son énervement, Lanfeust se dégagea du baquet. Il remit ses vêtements en grommelant. De toute façon, quel choix avait-il ? Un apprenti ne discute pas les ordres de son maître. Il fait ce qu'on attend de lui, et avec diligence, même lorsqu'un glaçon lui coule dans le dos et se glisse dans son pantalon.

Lanfeust souffla un bon coup et se força à grimacer un sourire. Puis il reprit le chemin de la forge. Comme il marchait en boitillant, il s'arrêta pour secouer une jambe. Un morceau de glace sortit du bas de ses guêtres. Le jeune homme repartit ensuite, d'un pas plus assuré.

À ce moment-là, il était loin de se douter qu'il venait de s'engager dans la plus étonnante des aventures..

chapitre 3

Le Chevalier Or-Azur

« Ben ça alors ! »

Lanfeust considéra, incrédule, la forge de maître Gramblot vidée de tous ses occupants. Les flammes s'étiolaient dans les fours de terre cuite. Marteaux et soufflets de cuivre gisaient sur les briques encore tièdes.

« Il n'y a plus personne... Mais où sont-ils donc tous passés ? C'est que je n'ai aucune envie de rater mon rendez-vous avec C'Ian, moi... HAAA ! »

Le jeune homme sursauta.

Une ombre sinistre grandissait sur le sol, juste devant lui. Émergeant d'un recoin obscur, deux énormes pattes écailleuses apparurent. Leurs longs orteils acérés faisaient trembler le plancher, soulevant de petits nuages de sciure.

Lanfeust leva la tête et contempla le saurien qui le surplombait.

« Mille enclumes, un dracosaure ! »

L'énorme crâne ridé de la créature se balançait lentement de gauche à droite, à plus de six coudées de hauteur. Clignant ses minuscules yeux rougeâtres, il semblait jauger Lanfeust.

Le visage du reptile se fendit d'un large sourire. L'apprenti forgeron ne put s'empêcher de comparer cette vision à celle d'une centaine de sabres rangés sur un râtelier. Il se raidit et recula d'un pas, puis d'un autre.

Le dracosaure gratta le plancher en renâclant. Ses naseaux expulsèrent un nuage fétide. Le souffle de son haleine balaya le visage du jeune homme. Le monstre plissa ses paupières, puis poussa un mugissement effroyable. Son cri semblait venir tout droit du fond des âges. Les murs tremblèrent.

« Eh ! Ce sac à main géant semble me trouver appétissant... Tout doux, mon mignon », souffla Lanfeust entre ses dents.

Le bipède reptilien s'avança en se dandinant. Ses pattes antérieures semblaient curieusement atrophiées, comme greffées par erreur sur un tronc disproportionné. Ce qui n'empêchait pas leur propriétaire de les agiter en produisant un « claclaclac » des plus menaçants.

« Apparemment, ta maman ne t'a jamais coupé les ongles... »

L'apprenti forgeron tâtonna derrière lui. Sa main se referma sur la cognée d'une hache.

« ... Mais on va t'arranger ça.

— KIKINOU, ICI ! »

Le cri cingla l'air comme un fouet, arrêtant net Lanfeust dans son élan. La créature fit un bond en arrière avec un « kiaï » pitoyable.

« Parsamborgne ! Qu'est-ce qui nous vaut ce raffut, jeune maraud ? »

L'interrogation provenait d'un chevalier de belle prestance, vêtu de bleu et coiffé d'un superbe chapeau à plumes. Il venait d'entrer dans la forge à grandes enjambées. Derrière lui trottinait maître Gramblot, tentant vainement de se maintenir à sa hauteur.

« Mais ce n'est pas moi, dit Lanfeust, c'est ce monstre répugnant qui...

— Allons Lanfeust ! Tu as de la suie dans les yeux ! coupa Gramblot. Tu vois bien que, heu, Kikinou n'est pas un monstre... C'est le majestueux destrier de monsieur le chevalier des Baronnies, ici présent.

— Absolument. Et cessez donc de gesticuler devant lui avec cette hache, voulez-vous.

Ça le rend terriblement nerveux et ça perturbe toute sa digestion. Vous voulez être responsable d'un ulcère chez cette pauvre bête ?

— Viens plutôt nous retrouver à l'extérieur, Lanfeust. Monsieur le Chevalier allait nous expliquer la suite de son combat contre un dangereux troll.

— Parfaitement, fit le chevalier en passant un licol à sa monture. Sachez que vous nous avez interrompus en plein suspense. Mon public doit friser l'apoplexie. Nous ne saurions le faire attendre plus longtemps. »

Il attacha les rênes à un poteau, tapota affectueusement l'immonde postérieur verruqueux du monstre, puis se retourna vers Lanfeust.

« Mais que votre maladresse ne vous empêche pas de vous joindre à nous, mon brave gueux. Un chevalier des Baronnies doit savoir accepter son public, même le pire. »

Il fit volte-face, drapé dans sa cape, et s'en retourna devant la forge à grandes enjambées.

« Hum. Je crois que tu l'as vexé.

— Grmblmbl...

— Et cesse donc de bouder. Pour une fois, voilà un gentilhomme qui a de quoi s'offrir nos services avec de la monnaie sonnante et trébuchante. De bons dragons de cuivre ou d'argent, ça nous changera de ceux qui payent avec des œufs ou des poulets. Alors on va gentiment écouter son histoire et battre des mains où il faut pour lui faire plaisir ! »

Les soixante-dix-sept barons d'Hédulie sont célèbres sur tous les continents de Troy pour leurs jeux guerriers et leur attachement aux traditions. Farouchement épris d'indépendance, ils mettent un point d'honneur à ne pas faire comme tout le monde. Par exemple, ils ont toujours refusé l'emprise d'Eckmül. En outre, ils interdisent la pratique des arts magiques sur leur territoire. Pire encore, ils détestent le foie de dragonneau. Priver la population de tels bienfaits peut paraître totalement insensé. Surtout lorsqu'on a déjà goûté au foie en péperade. On le fait revenir à la poêle avec une tombée de crème, et du gros poivre concassé. Trois minutes à feu vif, pas plus, la crème à la dernière seconde. Pendant ce temps, vous garnissez un plat de pommes mi-cuites napées d'un confit de poivrons et d'oignons rouges. Et vous servez le tout sous une tonnelle ombragée, arrosé d'un verre frais de vin gris de Klostope. Vous m'en direz des nouvelles.

Mais bon, les barons d'Hédulie n'ont pas le temps de manger de toute façon.

Ils passent l'essentiel de leur temps à combattre. Ce sont de formidables experts dans l'art de la guerre. Mieux vaut donc ne pas discuter leurs petites manies. D'ailleurs, personne ne songerait sérieusement à leur chercher des noises. Sauf les autres barons, bien sûr : c'est même leur passe-temps favori.

Les seules nouvelles que l'on a d'eux, en dehors des annuels massacr... heu, tournois qui attirent les touristes, ce sont les informations colportées par leurs chevaliers errants. On en croise parfois un au détour d'un chemin, superbement vêtu et armé de pied en cap. Il est généralement en train d'accomplir quelque quête extraordinaire. Ces nobles aventuriers ne manquent jamais d'exploits ni de hauts faits à raconter. Ils exaltent les passions, font se pâmer les damoiselles, énervent les jeunes hommes, et remplissent les poches des aubergistes. C'est toujours un événement que d'accueillir un chevalier des Baronnies.

Le chevalier Or-Azur ne faisant pas exception à la règle, il avait déjà réussi à rassembler un auditoire considérable. Sur les pavés moussus de la Grand-Place de Glinin, gamins et jeunes gens s'étaient assis en demi-cercle. Campé au beau milieu, le chevalier relatait un épisode récent de ses voyages. Il moulinait dans les airs avec une épée à courte lame en prenant des poses avantageuses, régulièrement ponctuées d'acclamations.

Lanfeust, qui venait de sortir, fut frappé par la présence impressionnante de fillettes, de jeunes filles, de femmes, de dames d'un certain âge, et d'autres d'un âge plus certain encore. En fait, jamais il n'aurait pensé que la population féminine de Glinin était aussi importante !

« ... Or donc, j'avançais dans la touffeur moite de la forêt, racontait le chevalier. Le bleu de mon habit ressortait dans la végétation tel un joyau rutilant sur un écrin vert profond. Paladin solitaire, l'épée à la main, je tailladais inlassablement les lianes qui tentaient de freiner ma progression. Les troncs sinistres des hêtres-tortillards montaient tout autour de moi. Leurs branches noueuses se rejoignaient à des dizaines de coudées au-dessus de mon couvre-chef. Corbleu ! On eût dit que je marchais au milieu de gigantesques griffes !

— Comme les doigts des géants d'Armalie ? demanda Arnulf, un petit blondinet, les yeux écarquillés.

— Chut, Arnulf ! répondit sa plantureuse grande sœur tout en adressant un sourire au chevalier.

— Parfaitement mon garçon, reprit Or-Azur sans se laisser distraire. Ces arbres étaient des géants capables, en tout cas, d'occulter le soleil. Seuls les plus ardents des rayons lumineux perçaient leur feuillage. Partout ailleurs, le sous-bois était plongé dans une nuit profonde. Le parfum de l'humus imprégnait l'air. Mais il y avait autre chose. Je subodorais la présence... d'un monstre.

— Un monstre ?! lancèrent d'une même voix angoissée Arnulf, Lanfeust, maître Gramblot et les trois-quarts de Glinin à présent rassemblés autour du chevalier.

— Absolument. Depuis un moment déjà, mes sens aiguisés avaient perçu une ombre silencieuse. En vérité, dans les ténèbres de ce sous-bois, je ne me trouvais pas seul...

— Ciel ! Je vais défaillir », fit la gracieuse sœur d'Arnulf.

Mais le chevalier l'ignora. Dépitée, elle chercha des yeux autour d'elle, puis se laissa finalement choir sur un beau campagnard au torse puissant.

« Je pointai prestement mon épée en avant, poursuivit le chevalier, et je déclamai haut et clair : "Montrez-vous, ou par tous les démons, je réduirai cette forêt en fagots, vil pourceau !"

— Et il... ggnnnn, pardon... il s'est montré ? demanda le robuste campagnard tout en essayant de repousser l'opulente jeune femme agrippée à ses vêtements.

— Naturellement. Mon intuition était la bonne : mon langage fleuri avait intrigué la créature. Je vis d'abord ses deux yeux rouges ressemblant à des braises incandescentes. Puis, dans un horrible craquement de troncs brisés, il jaillit : c'était un troll !

— Fichtre !
— Mille enclumes !
— Je défaille encore !
— Mademoiselle, voulez-vous lâcher mon pantalon !
— Oui, mes amis. Et j'ajouterai qu'il omit même de se présenter. Cet être fruste ne connaissait sans doute pas notre langue. Heureusement, il eut l'idée d'employer un ingénieux système à base de signes pour me faire connaître ses intentions : il chargea en bramant sauvagement comme une bête fauve.

— Voilà bien des manières de matamore, lança le solide campagnard en repoussant définitivement son admiratrice d'un coup de pied. J'espère que vous avez embroché ce malotru comme un vulgaire poulet. À moins que vous ne soyez pas aussi habile que vous le prétendez ? » ajouta-t-il avec un clin d'œil vers la foule.

Or-Azur, l'épée au clair, fit un bond jusqu'à

lui. Les jeunes femmes s'éparpillèrent avec de petits cris, avant de se rassembler.

« Sachez, paysan ignare, qu'un troll est un genre de poulet qui fait plus de cinq coudées de haut. Lorsqu'il manie sa terrible masse d'armes, ses moulinets fracassent le tronc d'un arbre comme on brise un fétu de paille. Quant à mon habileté, jugez plutôt... »

Or-Azur se fendit et, de deux coups précis, trancha les cordons qui retenaient les habits du paysan. Puis il sauta en arrière et se rétablit en équilibre sur une pierre pendant que le jeune homme tentait de masquer sa virilité.

« J'assenai au troll des coups terribles. La forêt autour de nous s'était tue. On eût dit un théâtre verdoyant sous les pas de deux danseurs. Moi, virevoltant autour du troll, ferraillant comme un diable. Lui, valsant autour de moi en arrachant d'énormes souches d'arbre d'un simple coup de dents.

— Comme c'est beau », dit la sœur d'Arnulf en battant des mains.

Or-Azur se lança dans un ultime tourbillon d'acier et vint achever son exaltante chorégraphie juste aux pieds de Lanfeust. Lorsqu'il se redressa, il brandit son épée et le jeune forgeron remarqua pour la première fois que si elle était si courte, c'est qu'elle était sectionnée.

« Quand soudain..., fit le chevalier en crispant son faciès, ma fidèle lame vint heurter les dents du monstre... et se brisa net !

La foule leva la tête et contempla l'épée mutilée. En cet instant, on entendit distinctement plusieurs personnes s'évanouir sous le coup de l'émotion.

« Ma foi, fit maître Gramblot en se grattant le menton. Il est de notoriété publique que les trolls possèdent une excellente dentition.

— HÉLAS ! s'écria le chevalier des Baronnies, le poing brandi sur son front. La bête répugnante s'avançait sur moi pour me dévorer...

— HHHHIIIIIIIIIIIIIIIIIIIIIIIIIII !!!

— Mademoiselle, je vous rappelle que ce chevalier est en train de nous raconter son histoire. Il n'est donc pas tout à fait mort, fit remarquer le beau campagnard à la sœur d'Arnulf.

— Je sais, mais ça a l'air tellement vrai ! Voulez-vous m'aider à délacer mon corsage ? Je respirerai plus aisément.

— Je m'apprêtais à trépasser..., poursuivit le chevalier. Lorsque je décidai de fuir. Hum. Bon. Voilà donc pourquoi je voudrais que vous me répariez cette épée. Braves gens. »

Le silence dura quelques secondes. Lanfeust eût à peine le temps de se demander s'il pouvait encore être à l'heure à son rendez-vous que maître Gramblot reprit la parole.

« Mais naturellement, incomparable chevalier ! Vous savez à quel point nous estimons les héros tels que vous. Ma modeste forge vous rendra service avec grand plaisir. Nous pourrions d'ailleurs dépanner aussi votre famille, ainsi que vos amis et autres compatriotes, qui sait ? Il se trouve que j'ai justement sous la main quelques exemplaires de notre catalogue automne-hiver. Il propose d'excellents tarifs de groupe pour les armures, boucliers, ceintures de chastet...

— Oui, certes. Et pour mon épée ?

— C'est l'affaire de quelques minutes. Lanfeust va s'en charger, pas vrai ? dit Gramblot en plaçant distraitement la lame entre les mains de l'apprenti forgeron. En attendant, chevalier, je vous ferai goûter un vin vert et frais de notre village, et vous m'enchanterez du récit de vos exploits.

— Mais volontiers, mon ami, volontiers... »

Les deux compères s'éloignèrent, abandonnant Lanfeust l'épée à la main. Le jeune apprenti se gratta furieusement le derrière comme si une épine y était plantée. Maître Gramblot s'était manifestement fichu de lui. L'espoir d'un rendez-vous avec C'Ian s'éloignait un peu plus à chaque instant. Fallait-il oser une remarque acerbe ? Hum, sans doute. Mais lorsqu'il se décida enfin, les deux hommes avaient disparu. La place de Glinin s'était totalement vidée. Seul demeurait un vieux chien pelé, qui fixa Lanfeust en hochant la tête. Son regard avait quelque chose de terriblement humiliant. L'apprenti forgeron lui jeta un caillou. Puis, soupirant, il tourna les talons et reprit le chemin de la forge.

chapitre 4

Aaaïeuuh !!!

« Lanfeust, va faire ci, Lanfeust va faire ça, et gnagnagni, et gnagnagna... J'en ai marre d'être pris pour un débutant de première année, moi ! »

Le jeune homme marchait d'un pas rageur et décidé. Ses mèches rousses dansaient devant son visage sombre. Il traversa la forge pour atteindre le lieu que l'on nommait l'Étuve. On y trouvait les cuves remplies de métal en fusion. C'était un secteur de l'atelier sans limites réelles, mais souvent noyé d'épaisses fumées rougeoyantes, ce qui lui donnait un petit air mystérieux. C'était l'endroit préféré de Lanfeust, là où s'opérait l'alchimie secrète du fer et du feu.

Rares étaient ceux qui avaient le droit de travailler au cœur de l'Étuve. Plus rares encore étaient ceux qui souhaitaient y rester. La chaleur, l'odeur âcre et les lourdes vapeurs rendaient l'endroit peu fréquentable... Mis à part peut-être pour Zeppo, un garçonnet un tantinet retardé, chargé d'entretenir les feux. Malgré son handicap, il avait été engagé sans aucune difficulté. En effet, il possédait le pouvoir de multiplier les fagots. Un fort appréciable gain de temps et d'argent pour maître Gramblot.

Zeppo bénéficiait donc d'un contrat à vie en échange de ses talents de « chauffeur ». Son travail réclamant peu de temps, il passait l'essentiel de sa journée à ronfler, dissimulé dans un coin sombre. Il se fondait totalement avec le décor. À tel point qu'il ne se passait pas une heure sans qu'on lui marche dessus. L'air résonnait alors d'un « Aaaïeuuh !!! » retentissant, suivi d'un : « Hé ! les gars, j'ai retrouvé Zeppo ! » Tous les apprentis partaient d'un rire moqueur tandis que le garçonnet allait chercher refuge dans un autre coin.

En vérité, il n'y avait guère que Lanfeust pour prendre sa défense et tenter de lui enseigner l'art délicat de la fonderie. Il l'initiait patiemment au remplissage des moules d'argile réfractaire. Puis ils allaient s'asseoir sur le rebord d'une cuve pour attendre que le métal durcisse peu à peu. Enfin, venait le moment de passer à l'enclume pour marteler, affiner, façonner...

Mais pour l'heure, Lanfeust n'avait point l'âme éducative. Il nourrissait toujours d'ombrageuses pensées.

« Ces chevaliers des Baronnies, ça se croit tout permis. Tu parles ! Il ne suffit pas de faire des cabrioles dans tous les sens pour épater la galerie. Encore faut-il éviter de casser son épée comme un vulgaire couteau à huîtres. Pffff... »

Lanfeust s'arrêta devant l'une des cuves pour examiner la lame. Profitant de la lumière rougeoyante qui régnait autour de lui, il étudia d'un œil attentif le fragment brisé.

« De la belle ouvrage, songea-t-il en sifflant entre ses dents. Sans doute l'œuvre d'un grand artisan. Voyons ça... Mais oui ! La garde porte le sceau d'Huques-Croc, l'un des plus fameux forgerons de Troy ! »

Cette dernière remarque l'enthousiasma et le déçut tout à la fois.

« Bon sang, impossible de fondre une lame de cette qualité en quelques minutes. Flucre ! Je peux dire adieu à mon rendez-vous avec C'Ian... »

Cependant, malgré son désappointement, Lanfeust ne pouvait s'empêcher de sentir croître son excitation. Cette commande impromptue risquait de s'avérer passionnante. Déjà, le jeune homme ne prêtait plus attention à la moiteur extrême qui se refermait sur lui. À peine pensa-t-il à essuyer du revers de la main un filet de sueur qui inondait son front. Il se concentra, n'écoutant que le rythme lourd de sa respiration et le clapotis des bulles de métal éclatant à la surface.

« Mmmm, voyons comment faire... D'abord, écarter délicatement les mâchoires de la garde. Puis en extraire la lame brisée et la remplacer par une neuve. J'ai un acier de huit trempes, il devrait convenir. Avec un ajustage et un bon affûtage... »

Lanfeust s'attarda sur le pommeau de l'épée, fasciné. On aurait dit un morceau d'os poli... ou d'ivoire. Il était enchâssé dans une délicate garde tressée d'or.

« Quel étrange ivoire ! Je ne connais aucun animal dont la corne présente un tel grain... »

Lanfeust attrapa un lambeau de tissu et le noua autour de son front afin de ne pas être gêné par la sueur. Il retint son souffle et se prépara à commencer son travail. Jusqu'alors, il avait toujours tenu l'épée par sa lame brisée. Mais à cet instant précis, il posa sa main sur le pommeau d'ivoire, pour la première fois.

« Que... ? »

En une fraction de seconde l'épée se mit à rougeoyer. Une étrange lueur envahit la lame. Des volutes lumineuses couraient dans l'air épais, comme des petits serpents de feu. Une formidable décharge engourdit sa paume, puis ses doigts, il ne sentait plus sa main ! Le mystérieux courant d'énergie prenait possession de son bras, tandis que ses mèches rousses s'élevaient vers le ciel. De la magie ? Nul doute. Pourtant rien de tel n'était jamais arrivé...

« Funérailles ! Mais quelle est donc cette diablerie ?! »

Effrayé, le jeune homme tenta de se débarrasser de ce maudit objet. Mais l'épée restait soudée à lui tel un prolongement naturel. Les lueurs pourpres poursuivaient leur ascension. L'épaule était dévorée...

« Nooooooooonnn ! »

Le cœur de Lanfeust battait la chamade. Ses gestes devinrent désespérés. Il s'agitait en tout sens, renversant le bric-à-brac encombrant l'atelier. Des chaudrons s'écrasèrent dans un fracas sonore. Un râtelier s'effondra en emportant toutes ses armes. La fumée envahissait l'Étuve. Le jeune homme avait l'impression de vivre un véritable cauchemar...

« Je dois sortir d'ici. Me débarrasser de ce truc. Trouver maître Gramblot... »

Entre fumerolles et lumière, Lanfeust ne voyait plus rien. La sueur lui brûlait les yeux, la peur rongeait son ventre. Il trébucha sur une forme molle qui n'aurait pas dû se trouver là et qui poussa un cri perçant :

« Aaaïeuuh !!! »

C'était la familière protestation de Zeppo, endormi à terre. En temps ordinaire, on aurait entendu fuser rires et quolibets. Mais pas cette fois. Car Lanfeust tombait, et rien ne pouvait plus le retenir.

« NOOOOOOOOONNNNN ! »

Sous l'œil à peine éveillé de Zeppo, il bascula dans la cuve de métal en fusion.

Un grésillement. Une seconde plus tard, Lanfeust de Troy avait totalement disparu, englouti par l'acier bouillonnant.

Zeppo contempla le spectacle, incrédule. Puis il sortit de la forge en hurlant.

chapitre 5

Cris et suçotements

« Maître Gramblot ! Maître Gramblot ! C'est horrible ! »

Au comble de l'affolement, Zeppo surgit de l'Étuve. Il traversa le village en hurlant d'une voix suraiguë. Dans son sillage, portes et persiennes s'ouvraient à la volée. Pour la seconde fois de la journée, il se passait quelque chose à Glinin ! Décidément, il était dit que ce jour resterait gravé dans les mémoires.

En quelques instants, femmes, enfants et ancêtres sortirent sur leur perron.

Zeppo, quant à lui, filait toujours à la recherche du forgeron :

« Maître Gramblot ! Venez vite ! »

À bout de souffle, le garçonnet finit par atteindre la terrasse ombragée de l'unique auberge de Glinin. Le forgeron y était installé sur un confortable fauteuil de cuir repoussé. L'œil égrillard, il écoutait le récit des conquêtes féminines d'Or-Azur. Il s'abreuvait littéralement de ses paroles, ainsi, d'ailleurs, que d'un excellent cru de Klostope.

« Mais qu'y a-t-il donc, mon brave Zeppo ? grinça Gramblot.

— C'est... Pff... C'est... Pff... Lanfeust... Pff..., tenta d'expliquer l'apprenti hors d'haleine. C'est affreux... Il vient... Pff... Il vient de tomber dans la cuve de métal en fusion...

— Quoi ?! lâcha Gramblot, en même temps que son verre de vin.

— Diantre ! ajouta Or-Azur dont l'habit venait de s'orner d'une splendide tache rubis.

— J'ai tout vu, reprit Zeppo. Il y a eu comme une grande lumière sur lui... et plouf ! Il a basculé dans la cuve.

— QUOI ?! » répéta Gramblot tout en se précipitant vers la forge.

Le chevalier Or-Azur, quelque peu irrité de cette brutale interruption dans le récit de ses exploits, regarda le forgeron s'éloigner.

« Décidément ces gens m'épuisent... Enfin,

j'espère que mon épée n'est pas perdue », songea-t-il en suçottant le coin de son habit imbibé.

Paniqué, Gramblot courait pour rejoindre son atelier.

« Lanfeust, mon bon Lanfeust !... Mais qu'est-ce que tu as bien pu fabriquer ? Quelle mort affreuse !... Non ! C'est impossible, je refuse de croire à... »

Tout le village était à présent massé devant l'échoppe du forgeron, formant une véritable muraille humaine. Les vapeurs brûlantes de l'Étuve empêchaient d'y voir quoi que ce soit, mais les commentaires allaient déjà bon train.

« Il paraît qu'il est horriblement mutilé, affirmaient les uns.

— C'est atroce. Et vous croyez qu'il a souffert longtemps ? se demandaient les autres.

— Un accident, où ça ? Où ça ? » renchérit une octogénaire tout en sautillant pour apercevoir les cuves.

Furieux, Gramblot se fraya un chemin à grands coups d'épaules et de jurons.

« Eh ! Poussez pas, on était là avant, lui lança une vieille dame tout en lui assénant quelques coups de canne.

— Sang et fumée ! beugla le forgeron. N'y

a-t-il donc personne pour faire quelque chose ? Quelqu'un aurait-il un pouvoir utile ?

— Heu... Moi, je peux faire pleuvoir des poulpes », dit un paysan en se curant le nez sans grande conviction.

Les yeux exorbités, maître Gramblot allait expliquer sa manière de penser à ce géniteur de céphalopodes, lorsqu'un mouvement se produisit dans la cuve.

« OOOoooohhhhh !!!!! » lança la foule, sidérée.

Là, au milieu du métal en fusion, surgissant des vapeurs épaisses, venait d'apparaître Lanfeust !

Penaud, il brandissait l'épée brisée, les mains écartées en signe d'excuse.

« Je... Je suis...

— OOOooohhhh !!!!! fit la foule à nouveau.

— Mille enclumes, allez-vous vous taire ! tonitrua le forgeron.

— Je... Je suis désolé, maître Gramblot », acheva Lanfeust.

Le jeune homme s'apprêtait à fournir des explications, quant tout à coup, une silhouette blonde fendit la foule. Elle écarta d'un geste le forgeron, toisa un instant Lanfeust puis, rassurée, se jeta à son cou.

« Mon Lanfeust, tu n'as rien... Oh ! j'ai eu

si peur, lâcha dans un souffle la jolie jeune fille.

— Aaaaaahhh », fit la foule qui aimait bien les dénouements heureux.

Lanfeust n'en revenait pas : C'Ian, l'objet de toutes ses pensées, son rendez-vous manqué... C'Ian était là !

Et elle le serrait dans ses bras !

Il pouvait sentir l'odeur de sa peau, la douceur de ses cheveux.

Réalisant brusquement qu'une centaine de paires d'yeux était fixée sur eux, C'Ian

repoussa, tendrement mais fermement, le jeune homme.

« Et mon épée ? » demanda le chevalier Or-Azur, qui était arrivé sur ces entrefaites.

Mais personne ne lui répondit. Chacun était bien trop occupé à s'approcher du miraculé pour le presser de questions, ou lui arracher un morceau de son habit en guise de porte-bonheur.

« Dites donc, ça fait comment de mourir ?

— C'est vrai, cette histoire de grotte avec une lueur au bout ?

— J'ai un cochon aveugle et paralytique. Vous pourriez le refaire marcher ? »

Gramblot, quant à lui, s'était enfermé dans une intense réflexion. Dubitatif, il ne parvenait pas à croire à ce miracle. En expert accompli, il finit par aboutir à la seule conclusion plausible : la cuve de métal bouillonnant n'était pas aussi chaude qu'on le croyait.

Fier de son raisonnement, il décida de tester aussitôt sa théorie. Il retira donc son gant et plongea sans hésitation un doigt dans la cuve.

« WWWAAARRRGGGHH !!!! » fut, à peu de choses près, sa première impression. La seconde ressemblait beaucoup à la première, et la troisième confirmait le tout.

La décence nous oblige à ne pas citer la suite dans son intégralité.

« Maître Gramblot, tout va bien ? » s'enquit Lanfeust, alarmé par les cris peu humains poussés par le forgeron.

Il observa avec curiosité ce dernier effectuer une danse rituelle complexe, ponctuée de cris et d'allers-retours. Cela dura quelques instants, puis Gramblot cessa de s'agiter. Il s'assit sur un banc de pierre, et se contenta de secouer uniquement son doigt.

Le chevalier Or-Azur décida qu'il était temps pour lui de se manifester à nouveau :

« Braves gens, tout ceci est fort divertissant, je vous l'accorde. Mais qu'advient-il de mon épée ? Le temps passe. J'ai encore une longue route à faire et...

— Plus tard, chevalier, plus tard. Nous avons une énigme à résoudre, répondit sèchement Gramblot tout en fufant, euh, suçant son doigt.

— Plaît-il ? Je ne vois pourtant pas ce qui vous afflige.

— Ah bon ? Et vous trouvez naturel, vous, que quelqu'un tombe dans du métal en fusion et en ressorte indemne ? demanda le forgeron.

— Certes, mais vous êtes gens de magie, rétorqua le chevalier. Vous êtes familiers de ces choses. Je trouve même étonnant que vous en soyez étonné. Enfin ! Donc, pour en revenir à mon épée...

— Oui oui, tout à l'heure ! conclut Gramblot, se tournant vers Lanfeust. Allons, il nous faut résoudre ce prodige. Consultons Nicolède, notre sage. C'est le seul qui puisse nous éclairer sur ce curieux phénomène. »

C'Ian tira doucement Lanfeust par la manche, l'entraînant vers l'extérieur de la foule.

« Maître Gramblot a raison. Père te conseillera de manière avisée. Il doit être au jardin, à cette heure-ci. Allons-y. »

Les villageois s'écartèrent pour laisser passer le groupe. Lanfeust, C'Ian et maître Gramblot se pressèrent vers la sortie du village et s'acheminèrent sans plus attendre vers la demeure du sage de Glinin.

Le chevalier Or-Azur les regarda s'éloigner, circonspect.

« Parsamborgne ! songea-t-il, mais où ces paysans comptent-ils s'en aller ainsi ? Et avec mon épée, en plus ? »

« Eh ! cria le chevalier. Braves gens ! Hep ! Euh... Tas de gueux ! Revenez immédiatement ! Vous êtes partis avec mon épée ! MON EPÉÉÉÉEEE... »

chapitre 6

Le pouvoir absolu

À l'image de Nicolède, les sages d'Eckmül sont le plus souvent des hommes simples, bons et généreux. Ils ont renoncé à leur pouvoir magique individuel pour servir de relais au flux occulte qui traverse le monde de Troy. C'est cette énergie qui permet aux autres habitants d'exercer leur propre magie. Ainsi, nul ne peut faire de prodige s'il ne se trouve pas à proximité d'un sage. Hélas, son influence s'étend rarement au-delà de quelques centaines de coudées. Aussi est-il généralement installé non loin des villages, dans un logement de fonction.

De plus, la plupart du temps on attribue au sage un assistant. Ce dernier sert à assurer le relais de la magie en cas d'absence de son maître. Au quotidien, il est aussi affecté à l'entretien du logis. Ainsi, il prend soin de le nettoyer de fond en comble plusieurs fois par semaine. Le logement, pas le sage. Ça aère les draps, époussète la poussière accumulée sur les monceaux de livres, et ça évite qu'il ne prenne un aspect miteux. Le sage, pas le logement.

La demeure de maître Nicolède était perchée sur une petite colline surplombant Glinin. Elle comprenait deux confortables chaumières adossées à un gros rocher gris, bordées par un paisible jardin potager. En face s'élevait la haute tour d'étude dévolue au sage, avec son joli toit en tuiles de terre cuite. L'ensemble était protégé par une enceinte en partie noyée sous la verdure. Mais les vieux murs de pierre sèche n'avaient jamais été inquiétés. Des lézards se prélassaient dans la moindre anfractuosité. En cette fin d'après-midi, les papillons multicolores dansaient encore dans les rayons orangés du soleil. L'air chaud commençait à peine à se charger des parfums du soir.

Nicolède, Lanfeust et maître Gramblot se tenaient au milieu de la cour. La conversation allait bon train. Derrière eux patientait le chevalier Or-Azur, les bras croisés. Rien ne semblait pouvoir le dérider, malgré les efforts de politesse déployés par la douce C'Ian.

« Chevalier ? Voici venir notre brave Almisuifre, l'assistant de mon père. Il a les bras chargés de rafraîchissements. Nous ferez-vous le plaisir d'accepter une collation ?

— Non, merci, gente damoiselle. J'aimerais autant que cette affaire soit réglée au plus vite. »

C'Ian renvoya à Almisuifre un sourire navré et lui indiqua de servir les autres membres de cette réunion impromptue. Ce dernier se présenta successivement devant chacun d'eux, mais personne ne daigna lui répondre. Tous semblaient totalement absorbés par le spectacle de Nicolède en train d'examiner l'épée. Almisuifre s'en alla en grommelant.

« Lanfeust, ton cas est fort étrange, dit Nicolède. Et si j'ai bien compris, tu aurais acquis un second pouvoir au contact de cette lame ?... Celui de te protéger du feu ?

— Ben, on dirait », répondit Lanfeust.

Nicolède réfléchit en tortillant nerveusement sa barbe.

« Mhmhmh... Voyons... Pour commencer, la cuve était-elle réellement chaude ?

— AB-SO-LU-MENT ! attesta maître Gramblot, en levant un doigt entouré d'un énorme pansement. Ça, je le garantis !

— Hum. Dans ce cas, l'épée du chevalier doit certainement posséder quelque propriété qui...

— Fadaises et calembredaines ! interrompit Or-Azur. Cette noble lame est dans ma famille depuis l'aube des temps. Je peux vous assurer que son seul pouvoir est de trancher les bras et de fendre les crânes. »

Il fit deux pas en avant et arracha l'épée des mains du sage.

« Ces niaiseries ont assez duré.

— Certes, reprit le sage en examinant ses paumes éraflées par la lame. Je ne doute pas un seul instant que votre fière épée possède un excellent tranchant, chevalier. Néanmoins, le phénomène que nous décrit notre jeune ami est pour le moins inhabituel. Or, j'ai tenu

moi-même cette poignée entre les mains, et vous avez constaté qu'il ne s'est rien passé. Il DOIT donc y avoir une explication. »

Nicolède leva la tête et foudroya Or-Azur d'un regard qui ne tolérait aucune réplique.

« Et il n'y a pas trente-six moyens de découvrir ce que nous voulons savoir. Aussi, si vous me le permettez... »

Il lui reprit l'épée et la tendit à l'apprenti forgeron.

« Lanfeust, montre-nous, veux-tu ?

— Je... Vous croyez que...

— Vas-y, dit Gramblot. Plus vite cette histoire sera réglée, plus tôt chacun d'entre nous pourra s'en retourner à ses affaires.

— Ça c'est vrai ! Bien dit ! » glissa le chevalier.

Lanfeust hésitait à tendre la main, tout au souvenir de l'étrange sensation qui avait envahi son bras :

« C'est que la première fois...

— Si tu as peur de quoi que ce soit, ne te force pas, mon Lanfeust ! » glissa raisonablement C'Ian de sa voix douce et apaisante.

Aussitôt, Lanfeust saisit la poignée de l'arme.

Et ce fut le chaos.

Lors de l'essai précédent, le Pouvoir avait pris son temps, comme s'il s'agissait d'un accordage préliminaire. Cette fois-ci, il se manifesta d'emblée dans toute son ampleur.

Des éclairs mauves jaillirent de la poignée d'ivoire. Un formidable tourbillon se forma autour de Lanfeust. Il tenta de lâcher prise, mais il était déjà trop tard. Le Pouvoir le possédait tout entier.

Des traits d'énergie pure bondirent jusqu'aux murets de pierre, faisant voler des escarbilles dans les airs. La lumière devint aveuglante. Le sol se mit à trembler.

Bouche bée, Nicolède, C'Ian, Gramblot et Or-Azur contemplèrent, impuissants, le cataclysme. Chacun d'eux était paralysé. Le Pouvoir les traversait tous et, devant un tel afflux de magie, les cheveux se dressaient sur les têtes, au sens propre comme au figuré.

Les yeux grands ouverts, Lanfeust était pétrifié. La magie transfigurait sa minuscule silhouette perdue au cœur d'un cyclone de puissance.

Le brave Almisuifre entendit quelqu'un émettre un hurlement. Après un certain temps, il réalisa que c'était le sien.

Les éclairs grimpèrent jusqu'au sommet de la tour dans un grondement de fin du monde. Ils se joignirent en un improbable lacis de couleurs et d'énergie. Une gigantesque boule de lumière submergea le domaine. Un souffle d'air balaya l'assistance. Les spectateurs eurent du mal à conserver leur équilibre. Or-Azur fut soulevé dans les airs et retomba lourdement quelques mètres plus loin.

Subitement, grondement et lumière disparurent, remplacés par d'épaisses volutes argentées. Les mèches de cheveux des uns et des autres retombèrent sur leurs épaules. Les nuées se dissipèrent. Le ciel avait retrouvé une teinte à peu près normale. Un oiseau lança une trille intriguée. Tout était terminé.

Chacun regardait autour de lui comme au sortir d'un rêve. Le cataclysme n'avait pas duré plus de quelques secondes. Mais vraiment des secondes très très longues !

« Mille grimoires écornés, songea Nicolède, le POUVOIR ! Le pouvoir plénier, absolu, total ! Il m'a traversé, je l'ai senti. »

C'Ian et Lanfeust se soutenaient mutuellement. Le chevalier restait le séant dans l'herbe tout en secouant son chapeau. Gramblot se frottait les yeux. Quant à Almisuifre, il n'en finissait plus de s'examiner sous toutes les coutures, surpris de ne découvrir aucune blessure.

Encore sensibles, ils sursautèrent en entendant le gémissement de Nicolède...

« PAR LES FOUDRES D'ECKMÜL ! Et il

a fallu que ça tombe sur moi ! » vociférait le sage en levant les mains au ciel.

Les autres le regardaient comme s'il était devenu fou.

« Lanfeust a attrapé quelque chose de grave, père ? demanda C'Ian nerveusement, les deux bras passés autour de son fiancé.

— Vous sauriez me soigner, maître Nicolède ? » ajouta aussitôt le jeune forgeron, vaguement inquiet.

Sans laisser à quiconque le temps de répondre, le chevalier Or-Azur s'avança d'un pas décidé et ôta la lame des mains de Lanfeust.

« Morbious ! Il suffit maintenant ! Sachez que je n'entends rien à vos affaires. Et il se trouve que je souhaite récupérer mon bien. Forgeron, ne vous avais-je point commandé un ouvrage ?

— Bien sûr, messire. Je vais réparer cette épée. Mais...

— Alors au travail. Je compte bien dans une heure être loin de ce village puant le crotin et la magie ! Je ne sais laquelle de ces deux fragrances j'exècre le plus !

— L'IVOIRE ! » éclata Nicolède, en faisant encore sursauter tout le monde.

Le chevalier contint son énervement et ramassa une fois de plus son chapeau. Cette fois, l'imposant couvre-chef emplumé avait roulé jusqu'à effleurer une bouse. Il le tapa sèchement contre sa botte pour le décrotter.

« Je vous demande pardon ?

— C'est l'ivoire, bien sûr ! »

Nicolède était en proie à une vive excitation. Il avait le visage d'un gamin qui vient de gagner un gros paquet de billes sous le nez de ses copains.

« Chevalier, dites-moi...

— Mmmmmoui ?

— De quel animal provient ce pommeau ?

— De quel animal... ?

— Oui, ce pommeau, là, dit Nicolède en prenant machinalement l'épée des mains du chevalier et en faisant voler son chapeau au passage. De quel animal provient-il ? »

Or-Azur regarda son chapeau atterrir dans la poussière avec un « pof » pathétique. Almisuifre, qui reculait en tentant d'éviter les maladroites manipulations de Nicolède, l'écrasa sans s'en rendre compte.

« Eh bien, chevalier, seriez-vous devenu sourd ? Vous me semblez tout congestionné ! Savez-vous que retenir ainsi ses gaz internes est particulièrement mauvais pour la santé ?

— Je, hum, eh bien..., articula Or-Azur. À vrai dire, cette lame a plusieurs siècles et...

— Et ? demanda Nicolède avec avidité.

— Il me semble bien qu'il existe une légende... À propos d'une créature. Mais, à vrai dire, plus personne ne se souvient de rien. »

Le chevalier jeta un regard résigné vers Almisuifre, debout sur son chapeau.

« Je me rappelle juste d'un vague nom que mon aïeul prononçait parfois. Le gramo... Le mago...

— Le MAGOHAMOTH ! Je le savais ! rugit Nicolède en se lançant dans une gigue endiablée. Nous tenons dans les mains l'ivoire du Magohamoth ! L'animal fabuleux ! La source de toute magie !

— Dites..., reprit Or-Azur.

— Le Magohamoth, rendez-vous compte ! Almisuifre, mon fidèle assistant, c'est merveilleux ! »

Nicolède avait entraîné Almisuifre dans sa danse, et le chapeau avait volé de nouveau à proximité de la bouse fraîche.

« Dites, s'il vous plaît...

— Zut, je me suis pris les pieds dans ces plumes ridicules... »

« Splatch. »

« Père, il ne faut pas vous exciter de la sorte, supplia C'Ian. Pensez à votre santé.

— Fouacrebigne ! s'exclama le chevalier. Je veux récupérer mon chapeau !

— Ah oui, pardon. »

Nicolède ramassa distraitement le couvre-chef déformé et le déposa, maculé de bouse, sur la tête du chevalier.

« Pour ce qui concerne cet objet, poursuivit-il en exhibant respectueusement l'épée, vous ne comprenez vraiment pas ?

— Ben... non ?!?

— C'est pourtant simple. Ce morceau d'ivoire provient du Magohamoth ! Ni plus, ni moins que l'animal mythique qui génère, par sa force psychique, le champ de magie qui baigne Troy. Nous, sages d'Eckmül, n'en sommes que les relais. Nul ne sait où il vit. Sa recherche est une quête que bien des hommes ont entreprise en vain.

— Mais quel rapport avec moi ? intervint Lanfeust.

— Jeune homme, le contact avec cet ivoire a transformé tes capacités, répondit Nicolède. De la fusion des métaux, tu es passé à un pouvoir total ! Nous l'avons tous vu, et j'ai pu sentir sa force. »

Almisuifre eut l'air ébahi :

« Vous voulez dire... le pouvoir absolu d'avoir tous les pouvoirs à la fois, maître ?

— Absolument.

— Non, sérieux ? (Lanfeust comprenait petit à petit ce qu'une telle chose impliquait.) Je peux faire tout ce que je veux ? Voler avec les oiseaux ? Transformer la soupe en rôti ? Euh... voir à travers les robes ? »

« BAFFF ! » La joue de Lanfeust rougit sous la marque de cinq doigts. C'Ian laissa retomber sa main et regarda ailleurs comme si de rien n'était.

« Hum, reprit Nicolède, disons que tout ceci demande à être examiné plus attentivement. Hélas ! je ne suis qu'un petit sage de campagne. Mes connaissances sont limitées... »

Il se tourna vers Lanfeust qui se frottait la joue, et déclara solennellement :

« Lanfeust, je dois te conduire immédiatement devant les érudits du Conservatoire d'Eckmül. »

Les uns et les autres ouvrirent de grands yeux. Nicolède mit une main sur l'épaule d'Or-Azur, tout en prenant soin d'éviter la chose visqueuse qui dégoulinait de son chapeau.

« Mon cher ami, pouvons-nous conserver cette épée ?

— Certainement pas ! Je me tue à vous le dire ! Ma lame et moi reprenons immédiatement la route ! Et ceci dès que votre forgeron aura enfin accompli son travail ! »

Maître Gramblot écarta les bras en prenant un air désolé.

« Nicolède, heu, chevalier... Croyez bien que... »

Son regard allait de l'un à l'autre, un peu plus piteux à chaque fois.

« Laissez, intervint Lanfeust, je m'en occupe. »

Il prit la lame d'autorité et commença à se concentrer. Almisuifre fit discrètement quelques pas en arrière, regarda autour de lui, et choisit finalement de se jeter derrière un rocher.

« Fastoche, songea Lanfeust, tandis que ses cheveux se hérissaient sur sa tête. Et hop ! »

Le pouvoir jaillit à nouveau, mais cette fois le jeune homme le maîtrisait. Un éclair de feu s'allongea à partir de la garde. Un instant plus tard, la lame était reconstituée.

« Nom d'un donjon assiégé ! » s'exclama Or-Azur.

Le groupe était stupéfait. L'épée était intacte. Son fil d'acier était net et tranchant, vierge de la moindre ébréchure.

« Aussi neuve que si elle sortait de la forge, dit Lanfeust en souriant. Voici votre arme, chevalier. Soyez prudent. Je me suis permis de l'améliorer un peu. Elle est affûtée comme un rasoir, maintenant...

— Bien, bien, murmura Or-Azur, visiblement ébranlé. Et... avec un chapeau, vous pourriez faire pareil ? »

Mais Lanfeust ne l'écoutait pas, accaparé par maître Gramblot qui lui grommelait à l'oreille :

« Impressionnant ton numéro, faut reconnaître. Mais à l'avenir, tu t'abstiens de réaliser des trucs pareils ou je te flanque mon pied dans l'arrière-train. Ça gâche le métier. C'est un coup à se mettre la guilde des forgerons sur le dos pour concurrence déloyale. »

Le chevalier s'apprêta à s'éloigner, mais Nicolède le rattrapa.

« Voyons, mon cher ami, heu... Chevalier, vraiment, vous ne voulez pas nous la laisser ?

— Me séparer de l'épée des Or-Azur ? Vous voulez rire ! Plus vite j'aurai quitté ce village de fous, mieux je me porterai !

— Juste cet insignifiant morceau d'ivoire, alors. Gramblot vous forgera un autre pommeau, bien plus joli, avec un ruban de dentelle autour, et...

— N'insistez pas, vous dis-je ! »

Le chevalier n'écoutait déjà plus. Il avait tourné le dos et s'éloignait à grandes enjambées. Il cria une dernière fois par-dessus son épaule :

« Je vous laisse définitivement à vos tours

et jongleries. J'ai une guerre à faire, moi. Adieu la compagnie ! »

Nicolède le regarda partir désappointé, tandis que maître Gramblot s'élançait à sa poursuite.

« Chevalier, une minute ! Oublions ce malentendu. Revenons à des considérations plus pratiques. Nous n'avons point évoqué la question de mes honoraires...

— Vous plaisantez ? Avec le temps que vous m'avez fait perdre, il ne saurait en être question ! »

Lanfeust fixa son regard sur la nuque du chevalier en plissant les yeux tel un prédateur. Il mesura mentalement l'espace qu'il pourrait franchir en quelques bonds.

« Je l'immobilise et nous récupérons l'épée ? demanda-t-il.

— Non, ce serait malhonnête, répondit Nicolède. Et puis, nous savons maintenant où se trouve un fragment de l'ivoire du Magohamoth. Si les érudits du Conservatoire désirent l'examiner, ils se rendront dans les Baronnies, au castel Or-Azur. »

Le sage se dirigea vers l'entrée de sa tour, faisant un petit signe de la main par-dessus son épaule.

« C'Ian, Lanfeust, suivez-moi. Toi aussi, mon brave Almisuifre. Tu peux sortir de derrière ce rocher, maintenant, il n'y a plus de danger. Venez, mes amis, gagnons mes appartements. Nous avons un important voyage à préparer... »

Plus loin, on entendait la voix plaintive du chevalier Or-Azur :

« Mais je plaisantais, maître Gramblot ! Bien sûr, je vais vous payer ! Vous pouvez reposer ce gros marteau, à présent. Soyez raisonnable. »

chapitre 7

La tour du sage

De tout temps, la tour de Nicolède avait été bien plus qu'un simple cabinet de travail. C'était pour ses filles un fantastique terrain de jeu qui exerçait une fascination particulière sur Cixi. Enfant déjà, elle s'enivrait à contempler le formidable escalier en colimaçon qui s'enroulait autour du puits central jusqu'aux verrières du sommet. De ses pieds nus, elle effleurait les marches de cèdre blanc, et s'arrêtait, au gré de sa fantaisie, pour explorer l'un ou l'autre des trois étages de l'édifice. Elle s'amusait à entraîner sa sœur dans le labyrinthe des majestueuses tentures qui retombaient en pluies d'étoffes plus ou moins délavées du plafond jusqu'au rez-de-chaussée. Mais par-dessus tout, elle adorait se dissimuler, silencieuse et immobile, dans l'ombre des milliers d'objets qui encombraient le moindre recoin. Elle passait des heures à contempler les grimoires usés, les fioles poussiéreuses et alambics abandonnés. Elle s'inventait des histoires fantastiques ou étudiait discrètement son père s'affairant à quelque mystérieuse recherche. Elle avait alors l'impression d'être nichée dans les coulisses d'un gigantesque théâtre dont elle regardait la scène. Un plaisir dont elle ne se lassait toujours pas. D'ailleurs, aujourd'hui même, elle avait précédé les autres dans la tour et, invisible sur une mezzanine, elle observait.

« Wow ! s'exclama Lanfeust. À chaque fois que je viens ici, maître Nicolède, je suis fasciné par le nombre d'objets *inutiles* que vous entassez.

— Inutiles ? dit le sage, surpris.

— Ben oui ! Tenez, cet énorme lampion sphérique au-dessus de nos têtes, par exemple. C'est vrai qu'il est joli, avec ses bras en cuivre et ses boules peintes qui tournent autour. Mais je vous fais remarquer qu'il n'éclaire rien du tout !

— C'est un astrolabe, répondit machinalement le sage en fouillant sous une pile de grimoires rongés par les moisissures. Un instrument qui sert à représenter les planètes et leurs orbites. Les étoiles dans le ciel ne sont pas de simples chandelles piquées sur un drap, vois-tu, Lanfeust. Et ce, même si quelques crétins de l'université d'Eckmül enseignent encore que la terre est plate comme une assiette. En vérité, Troy et ses lunes, ainsi que d'autres mondes, ressemblent à des sphères qui... Mais laissons cela. Tu n'iras jamais dans les étoiles de toute façon. C'est un voyage bien plus terre-à-terre que je te propose. Nous partons pour la magnifique cité d'Eckmül, demain dès le lever du soleil. Tu ferais mieux de préparer tes bagages, mon jeune ami... »

Lanfeust émit un appel muet vers C'Ian, cherchant son appui. Mais celle-ci ne regardait pas dans sa direction. Elle était déjà en train d'empaqueter les affaires de son père avec l'aide d'Almisuifre.

« Maître Nicolède, vous êtes sûr que ce voyage est vraiment nécessaire, en ce qui me concerne ? demanda le jeune homme plein d'espoir.

— Indispensable ! Les érudits du Conservatoire doivent absolument être informés de ton histoire. Voyons, où ai-je fourré mon exemplaire du grimoire universalis ? Je voudrais relire ce qu'il raconte à propos du Magohamoth... »

Nicolède fouina sous une pile de livres qui, pour protester contre l'intrusion, relâchèrent dans l'air un joli nuage de poussière. Il se dirigea en marmonnant vers l'une de ses bibliothèques : une rangée d'étagères branlantes, aménagées entre les côtes d'un squelette de dragon-scolopendre à tête plate.

« Mais, hum, tenta encore Lanfeust, nettement refroidi. Qui maintiendra la magie ici si vous partez ?

— Almisuifre y pourvoira. Cela fait des lustres qu'il attend une telle occasion. N'est-ce pas mon brave Almisuifre ? »

À ces mots, l'assistant abandonna son travail avec C'Ian pour se mettre à sautiller d'une façon gaie, enjouée, enthousiaste et, pour tout dire, assez ridicule.

« Voui voui voui voui voui !

— Rassure-toi, Lanfeust, dit le sage qui essayait d'arracher un dictionnaire coincé entre deux vertèbres géantes. Almisuifre a été préparé pour ce genre d'éventualité.

— Hum. Quand on voit comment il réagit, je me demande si l'on doit considérer cela comme un bienfait ou une catastrophe, répondit le jeune homme.

— Tu disais ? demanda Nicolède en émergeant couvert de poussière.

— Oh, juste qu'Almisuifre semblait ravi d'une telle occasion.

— À la bonne heure. Va donc te préparer, maintenant. Mais où ai-je mis ce fichu grimoire ? Je suis sûr de l'avoir rangé entre la douzième et la treizième clavicule... »

Nicolède s'empara d'un énorme fémur avec la ferme intention de caler une pile branlante pendant qu'il se glisserait à quatre pattes en direction de quelques volumes empilés plus bas. Mais C'Ian avait repéré l'objet de ses recherches, évitant au vieil homme une périlleuse expédition.

« Le voici ! dit la jeune fille en ramassant un volume qui traînait sous les pis d'une gramoche empaillée. J'en profite pour clarifier un point : je viens avec toi, père. Il est évident que tu es bien trop oublieux des contingences matérielles pour que je te laisse partir seul. »

Nicolède parut ennuyé. Il fouilla dans sa poche et en sortit un monocle.

« Mais je ne suis pas seul. Il y a Lanfeust.

— Lui ? C'est encore un enfant ! rétorqua C'Ian.

— Un enfant ? Autant que je me souvienne, vous avez le même âge, non ? »

Nicolède chaussa son monocle et se mit à

feuilleter fébrilement son grimoire. Mais à chaque nouvelle page, ses sourcils se fronçaient. Il faisait toutes sortes de grimaces.

« Père ?

— Mhmhm... Quoi encore, C'Ian ?

— Je crois que vous tenez votre monocle à l'envers.

— Ah ? Tiens, oui. Merci ma chérie. Je me disais, aussi, quelle manie ont ces encyclopédistes d'écrire en lettres aussi minuscules ! »

Nicolède retourna son instrument, puis se plongea dans la lecture avec un air de profonde satisfaction. Sa fille en profita pour retourner à la charge. Elle écrasa le pied de Lanfeust pour l'empêcher de la contredire, puis déclara d'une voix douce, mais ferme :

« Pour en revenir à l'âge de mon fiancé, je te signale que c'est *très* différent. Je suis une fille, donc *beaucoup* plus mûre. Et puis, mon pouvoir de guérison peut s'avérer très utile, voire indispensable au cours de ce voyage. »

Nicolède leva les yeux de son livre et rencontra le regard déterminé de sa fille.

Il replongea dans sa lecture avec un soupir de résignation.

« D'accord, c'est bon, C'Ian. Tu viens avec nous.

— Bon, eh bien c'est parfait, dit Lanfeust

manifestement ravi que C'Ian fasse partie du voyage. Si nous devons partir à l'aube, il faut que j'aille préparer ma brosse à dents ! »

Au premier étage, une silhouette (peu) vêtue de rouge se coula souplement hors de l'ombre d'une tenture. Cela faisait un moment qu'elle observait la scène mais personne ne l'avait remarquée.

« Chic ! On s'en va en balade ! »

Cixi venait d'apparaître en haut de l'escalier. Elle posa une main langoureuse sur la rampe de cèdre, secoua ses cheveux noirs et descendit les marches avec une lenteur théâtrale. Ses jambes fuselées jaillissaient hors de sa minuscule culotte rouge et Almisuifre, bouche ouverte bêtement, avait du mal à regarder ailleurs.

« Je sens qu'on va bien s'amuser pendant ce voyage, lança-t-elle à son public médusé.

— Allons bon ! Mfffttt ! (Nicolède laissa échapper un long soupir.) Cixi, ma fille, tu ne vas pas t'y mettre toi aussi...

— Ton père a raison, ajouta Lanfeust.

— Ce ne serait pas raisonnable, renchérit C'Ian. Et puis, habillée comme ça, tu risques de t'enrhumer.

— Moi je trouve que ça lui va très bien !

— Mon cher Almisuifre, coupa C'Ian, sauf erreur de ma part, votre opinion n'est pas nécessaire. D'ailleurs, je vois d'ici une montagne de choses à ranger qui vous attend. Allez allez ! »

L'assistant retourna à son travail en grommelant.

Cixi s'était pendue au cou de son père.

S'il te plaît, mon petit papa chéri, j'aimerais tant partir avec toi !

— Mais il y a la route, les dangers..., protestait mollement le vieil homme en essayant de se dégager.

— Ho, s'il-te-plaît-s'il-te-plaît-s'il-te-plaît !

— Hum, bien, céda Nicolède. Je suppose qu'il n'y a pas moyen de faire autrement, de toute façon.

— Tu es le plus formidable papa du monde ! »

Cixi serra son père dans une étreinte qui manqua l'étouffer. Et penchée par-dessus son épaule, elle tira la langue à Lanfeust.

« Gnagnagna. »

« Non mais tu as vu ça, C'Ian ? !? éclata le jeune homme. Quand je te disais que ta sœur est une insupportable harpie !

— Laisse, ce n'est pas grave, le rassura C'Ian en souriant. J'aurai une enfant de plus à surveiller durant ce voyage, voilà tout. Et puis, pour être franche, je préfère la savoir avec nous plutôt qu'ici, toute seule, à faire des bêtises. »

Elle ponctua sa phrase d'un regard éloquent en direction d'Almisuifre qui s'empressa de replonger la tête dans un sac de vêtements. C'Ian emprunta l'escalier vers les étages supérieurs.

« Je vous laisse. Assez de gamineries pour ce soir. J'ai encore tout plein de choses indispensables à organiser. Il faut choisir les robes de voyage, le maquillage, les parfums contre les moustiques, les sous-vêtements... »

Sa voix se perdit dans les étages. Nicolède s'était plongé dans son grimoire, oubliant le reste du monde.

Cixi lança à Lanfeust un regard moqueur avant de glisser :

« Moi ça ira plus vite : des sous-vêtements, je n'en porte jamais. »

Puis elle tourna le dos au jeune homme et fit remarquer :

« Tiens ? Papa, tu as laissé tomber ton monocle... »

Et elle se pencha pour le ramasser. Le moins qu'on pouvait dire était que la nature l'avait doté d'une très grande souplesse, car elle n'eût pas besoin de plier les jambes. Le minuscule bout de tissu rouge ne parvenait plus à cacher grand-chose de son arrière-train.

Placé juste derrière elle, Lanfeust fut pris d'un hoquet.

« Lanfeust, tout va bien ? demanda Nicolède sans lever le nez de son ouvrage. Tu fais des drôles de bruits.

— Xrzbl... Pardon ? Ah, oui. Je file. En avant vers Eckmül, et tout ça. Je pars préparer mes affaires sur-le-champ. »

Le jeune homme encore perturbé exécuta d'un pas raide quelques rapides enjambées, tira une porte, s'y engouffra et la claqua derrière lui.

Les secondes s'égrainèrent.

« Lanfeust ? dit Cixi.

— Mmmhoummhou ? fit une voix étouffée.

— La sortie est par ici. Tu viens d'entrer dans le placard. »

La porte se rouvrit.

« Je le savais, naturellement, dit Lanfeust en prenant l'air décontracté. Je cherchais, heu, une brosse. On ne sait jamais, si on traverse des contrées hostiles...

— C'est sûr, ça peut toujours servir », répondit Cixi en souriant.

Nicolède referma son grimoire avec un claquement qui mit fin à la discussion.

« Allons les enfants, assez perdu de temps. Occupez-vous vite de réunir tout ce dont vous avez besoin. Nous voyagerons tous les quatre sur mon pétaure. Il y aura bien assez de place. Ah, quelle extraordinaire aventure nous allons vivre ! »

chapitre 8

Et que chacun se mette à chanter...

Le lendemain, comme tous les matins à Glinin, le soleil se leva. La nature avait retenu son souffle durant toute la nuit et ébrouait à peine ses quelques gouttes de rosée. L'aurore pointait. Et tout le monde dormait encore. Tout le monde ? Pas tout à fait...

Sur la route d'Eckmül, en effet, une ombre gigantesque et difforme progressait lentement d'un pas chaloupé : un pétaure et son lourd chargement. Un bien étrange attelage en vérité, qui avait entrepris, quelques dizaines de minutes auparavant, un voyage dont il ne reviendrait pas de sitôt.

Le pachydermique animal, plus gros que bien des maisons, progressait sur ses quatre pattes. Son corps était couvert de longs poils roux, certains tressés en barreaux d'échelle de façon à permettre les déplacements sur son flanc. Harnaché de cuir et de sacoches, il était surmonté d'un palanquin, superbe nacelle de métal ouvragé débordant de coussins moelleux. À l'intérieur, Cixi, C'Ian et Nicolède se lovaient confortablement pour échapper à la fraîcheur matinale. Lanfeust, quant à lui, était juché sur un siège de cuir fixé en travers de la musculeuse encolure. Le regard encore lourd de sommeil, il fredonnait à voix basse.

Les quatre voyageurs se laissaient doucement bercer par le rythme régulier et puissant du pétaure. Chacun songeait à cette expédition précipitée avec un pincement au cœur. Un curieux mélange entre l'excitation du voyage et l'angoisse du départ. Sans se concerter, ils se retournèrent en même temps pour tenter d'apercevoir, une dernière fois, la demeure du vieux sage surplombant le village ensommeillé.

Nos héros s'étaient mis en route et entamaient la traversée de la rébarbative Souardie...

Le pétaure ne brille pas par son élégance. Énorme masse de muscles et de graisse, il ressemble au résultat improbable de l'accouplement d'animaux gigantesques mais pas forcément compatibles. Malgré une esthétique toute relative, le pétaure s'est imposé comme l'indispensable moyen de transport sur Troy. Sa puissance, sa placidité, son endurance et sa faible consommation aux 100 foulées en font une monture idéale.

Il y a juste un détail à connaître : le pétaure n'accepte d'avancer que si son conducteur chante avec conviction. C'est pourquoi le voyageur prudent se munit toujours de sirop pour la gorge. Une extinction de voix peut coûter plusieurs jours d'immobilisation.

Le plus amusant, c'est que le pétaure n'a absolument pas l'oreille musicale. Il lui importe peu que le chant sonne juste ou atrocement faux, l'important est qu'il soit rythmé ! C'est là toute la différence entre l'animal et l'homme : on doit régulièrement déplorer quelques cas de conducteurs étranglés par des passagers à bout de nerfs.

Notons que, dans la nature, le pétaure sauvage vit en symbiose avec de petits oiseaux qui nichent dans ses vastes oreilles. Leur chant lui permet de se déplacer. Un pétaure sauvage privé de ses oiseaux est un pétaure condamné à mourir de faim, immobile au même endroit.

Les quatre compagnons, leur pétaure et quelques dizaines de livres de bagages plus ou moins indispensables venaient de dépasser les frontières de leur province natale.

Les jeunes gens ne s'étaient jusque-là guère éloignés de leur village. Seul Nicolède avait déjà voyagé loin : tous les sages font leurs études et sont formés au Conservatoire d'Eckmül.

Devant eux se déroulait une vaste plaine fleurie courant jusqu'à l'orée d'une forêt encore lointaine. La nacelle se balançait doucement au rythme régulier de l'animal. Il faisait beau. Tout allait pour le mieux. Ou presque...

« Prom'nons nous tous sur Troy,
Pendant que le Troll n'y est pas.
Si le Troll n'y'tait, y nous dévor'ait...
Mais comme y n'y est pas, il nous mange'ra pas... »

À présent parfaitement réveillé, Lanfeust chantait en vociférant. Ce qui n'empêchait pas le pétaure de conserver une allure convenable. Et pourtant, le jeune homme s'agitait en tous sens, interprétant, vibrant au rythme des paroles qu'il massacrait allègrement.

Cixi avait réagi en conséquence. Elle expérimentait tous les moyens de se protéger les tympans. La tête sous les coussins ? Le son était à peine atténué. Elle avait tenté d'obstruer ses conduits auditifs avec des morceaux de feuilles, des bouts de tissus, mais rien ne semblait pouvoir contrer la puissante voix de ténor éraillée.

Nicolède, comme tous les sages, avait appris à garder son calme en toutes circonstances, même les plus graves. Il ne laissait rien paraître, mais l'effort était intense.

C'Ian était la seule à conserver quelque à priori positif. Droite dans son éternelle robe de soie bleue, elle tentait d'apprécier les performances musicales de son fiancé. Et Lanfeust, tout à son art, chantait encore et encore...

« C'est la danse des Souards,
Qui en sortant du brouillard,
Se secouent le bas des... »
— *ÇA SUFFIT !*

Le cri avait claqué comme un coup de fouet, stoppant net la ritournelle de Lanfeust. Et le pétaure par la même occasion. Un couple de gramoches sauvages, tranquillement occupé à ruminer, en fut saisi d'effroi. Cixi, au bord de la crise de nerfs, avait fini par craquer.

Lanfeust s'interrompit brusquement et l'arrêt brutal de l'animal causa un violent soubresaut de la nacelle. Elle fit un bond en avant, menaçant d'éjecter tous ses occupants. Nicolède, malgré son âge vénérable, s'accrocha par réflexe aux montants. Cixi agrippa l'habit de son père. Quant à C'Ian, elle ne tint que grâce à la solidité du minuscule bustier écarlate de sa sœur.

« Mille enclumes ! Que se passe t-il ? » cria Lanfeust, qui se balançait maintenant dans le vide.

Le jeune homme n'avait dû sa survie qu'à l'énorme anneau qui ornait les naseaux de l'animal. Il s'y agrippa tant bien que mal, tentant de se rétablir.

« J'ai entendu une sorte de cri horrible, reprit-il en soufflant. Et cette satanée bestiole s'est cabrée comme un bouc ! »

Toujours en déséquilibre, Lanfeust secoua frénétiquement l'anneau nasal de l'animal. Ce qui ne manqua pas de provoquer chez ce dernier un irrésistible chatouillis. La nature étant bien faite, sa réaction fut instantanée.

« AaaaaTSHOOOMPPP !!! »

L'apprenti forgeron se retrouva englué dans une ignoble gangue de mucosité collante.

Pouffant de rire, Cixi en profita pour se laisser glisser le long du cou de la créature. Elle bondit en selle.

« Ça ne te dérange pas si je prends ta place, *maestro* ? Je crois que ça vaudra mieux pour tout le monde. »

Lanfeust, toujours suspendu et définitivement vexé, ne fit aucun commentaire. Avec une remarquable agilité, il sauta à terre. Contournant l'énorme mufle, il se hissa à l'échelle de poils tressés qui courait sur son flanc jusqu'au palanquin. Passant à la hauteur de Cixi, il lui lança un regard noir :

« Et puis d'abord, je ne chante pas plus mal que n'importe qui.

— Justement, je ne supporte pas n'importe qui ! » répartit-elle du tac au tac.

Lanfeust en rougit de colère, cherchant une réplique cinglante.

« Du calme, du calme, mes enfants ! temporisa Nicolède. Allez Cixi, prends le relais de Lanfeust, il nous fat... euh, il est fatigué.... À présent, chante si tu veux, mais par pitié ne crie plus. »

Lanfeust se hissa jusqu'à la nacelle et s'installa en grommelant sur les coussins. Il aurait volontiers tenté de s'approcher davantage de sa douce C'Ian, mais il ne pouvait pas non plus enjamber Nicolède.

« Ta sœur est une véritable peste, glissa Lanfeust.

— Tu exagères, répondit C'Ian doucement. Tu ne devrais pas te montrer aussi dur avec elle, c'est un être délicat et sensible. »

Cixi s'éclaircit la gorge, et entama sa chanson :

« *Lulu la gueuse ne porte jamais d'culotte-eu*

Elle est heureuse quand son homme la pelote-eu

Vas-y, chevalier, courir la ribaude,

Et cours, et cours, et cours la ribaude ! »

— VOYONS CIXI ! s'étrangla Nicolède, tu... Je... Bon.

Le sage enfouit son visage dans ses mains, en proie à une soudaine migraine carabinée.

« Je crois que nous avons tous besoin d'une petite pause, reprit-il. Allez, Cixi, accélère un peu et amène-nous près du ruisseau, là-bas. Et tant que nous y sommes, choisis un répertoire plus classique, s'il te plaît.

— Plus classique, plus classique, c'est pas évident... »

Lanfeust se laissa glisser à bas de la puissante monture et, fredonnant, l'entraîna dans un carré d'herbe grasse afin qu'elle se restaure. Les deux sœurs descendirent l'échelle, Cixi avec vivacité et C'Ian avec précaution. Elles se dirigèrent vers l'eau fraîche du ruisseau.

Nicolède farfouillait dans une des innombrables sacoches de cuir. Il en tira un rouleau de parchemin qui révéla une carte approximative du monde de Troy.

« Voyons, voyons... Hum, nous progressons rapidement, dit-il en s'adressant à Lanfeust. Nous allons continuer à travers les plaines, puis à travers le delta et le long de la côte pour atteindre Eckmül. Le voyage sera plus long, certes, mais plus sûr que si nous empruntions la route des montagnes. Cela m'a l'air parfait, fit-il en refermant son parchemin. Et maintenant, Lanfeust, voudrais-tu bien me rendre un service ? J'ai aperçu le long du ruisseau des plants de tressiflore. Il ne faut jamais rater une occasion d'en recueillir et de le mettre à sécher, c'est une plante aux formidables vertus revigorantes. Je suis un peu fatigué, mais tu t'en tireras tout seul, n'est-ce pas ?

— Bien sûr, maître Nicolède ! Je pars en cueillir immédiatement ! » répondit le jeune homme en s'éloignant.

Les indications du sage se révélèrent exactes. Lanfeust dénicha rapidement quelques pousses de tressiflore entre les roches et commença à en remplir un petit sac de toile. Alors qu'il descendait le long de la rive à la recherche d'autres arbustes, son attention fut attirée par un clapotis tout proche. Il releva la tête et son regard s'arrêta sur Cixi sortant de l'eau.

La jeune fille rit aux éclats, fière de l'avoir surpris. Lanfeust détourna les yeux, gêné, mais une seconde trop tard. Pendant un instant, il avait songé que, malgré son caractère insupportable, Cixi possédait quelques bons côtés. Surtout de dos.

Mais sa rêverie fut interrompue par un cri :

« AAAAAAhhh ! Quelle horreur ! »

C'était la voix de C'Ian qui s'élevait à quelques pas à peine de derrière un gros rocher. Lanfeust tira son épée et bondit dans sa direction.

« Qu'y a-t-il ? »

C'Ian aussi était depuis peu sortie de l'eau. Tout juste enveloppée dans une cotonnade bleue elle se tenait sur la berge, le regard fixé sur le sol. Une main devant la bouche, elle désignait une masse traînant à moitié dans le ruisseau, juste à ses pieds. C'était le cadavre d'un gros animal, déchiqueté et grouillant d'insectes. Une gigantesque mâchoire semblait avoir arraché la moitié de son abdomen.

« Un loss bleu ! s'exclama Lanfeust en s'approchant. Je me demande bien de quoi il est mort... »

Il se pencha sur la dépouille, puis alla s'agenouiller au bord de l'eau, examinant le courant d'un air soupçonneux.

« Le ruisseau est peut-être empoisonné. Nous devrions nous méfier », ajouta-t-il.

Absorbés par cette macabre découverte, aucun des compagnons ne remarqua la lointaine rumeur qui avait progressivement remplacé le silence de la plaine. Un roulement sourd, à peine perceptible, qui semblait venir des tréfonds de l'horizon.

« Hélas ! Je crains que ce ne soit bien pire ! » rétorqua Nicolède qui avait rejoint le petit groupe.

Il désignait la plaie béante ouverte sur le flanc de l'animal.

« Regardez, dit le sage, c'est tout simplement une morsure... Formidable dentition, n'est-ce pas ? Pas de doute, ce loss bleu a été victime d'un troll. Un adulte. De grande taille. Et je crains fort que nous ne soyons sur son territoire de chasse.

— Un troll ? Enfer abrupt ! s'exclama C'Ian.

— Oui, et il va falloir se tenir sur nos gardes, ajouta Nicolède. Les trolls sont les créatures les plus cruelles et les plus dangereuses de Troy.

— Ça oui ! Il paraît qu'ils raffolent des pucelles ! s'exclama Cixi.

— Hâtons-nous de reprendre notre voyage. Plus vite nous serons repartis, plus vite nous serons en sécurité à Eckmül », affirma Nicolède.

La rumeur sourde avait gagné en intensité, et résonnait à présent dans toute la plaine. Un grondement régulier, implacable. Une nuée d'oiseaux s'envola. Le pétaure se mit à renâcler comme à l'approche d'un orage. Lanfeust, aux aguets, escalada un monticule pour scruter l'horizon.

« Écoutez ça, maître Nicolède... Est-ce que les trolls font autant de bruit ? »

Le vieux sage tendit l'oreille en fronçant les sourcils.

« Non, à moins qu'il ne s'agisse d'une armée, répondit-il soucieux.

— Et soulèvent-ils autant de poussière ? demanda Lanfeust en désignant le nuage qui semblait monter inexorablement vers eux.

— De la poussière ? Montre-moi ça... »

Nicolède grimpa sur le talus. Masquant de ses mains le soleil aveuglant, il fixa le point désigné par Lanfeust. Il vit d'abord une longue écharpe de scories, soulevée dans les airs. Puis il devina les formes qui progressaient en dessous. Et il se mit à trembler. Car ce n'était pas une armée de trolls qui s'avançait sur eux, non. C'était presque pire. L'Enfer en personne.

chapitre 9

Premier sang

Le nuage de poussière se rapprochait à grande vitesse tandis que le grondement sourd gagnait en puissance. Une clameur destructrice, faite d'entrechoquements de carapaces et de crissements hideux.

« Dépêchons-nous ! lança Nicolède. Grimpez sur le pétaure, ou c'est la mort qui nous attend !

— Mais père, vas-tu enfin nous dire ce qui se passe ? demanda C'Ian.

— Des créatures terribles ! » répondit le sage en entraînant ses filles vers leur monture.

Lanfeust allait répondre quelque chose, mais il n'en eut pas le temps.

Surgissant à travers les nuées de poussière, affolés, des dizaines d'animaux de toutes sortes apparurent soudain devant eux. Des gramoches détalant de leurs quatre pattes jusqu'aux Loos bondissant de leurs deux puissantes cuisses, toute la faune de la prairie souarde fuyait devant un implacable ennemi.

« Funérailles ! » laissa échapper Lanfeust.

Il attrapa les deux filles par la taille et les propulsa littéralement sur l'échelle tressée. Il fit de même avec Nicolède et grimpa à sa suite. Les premiers animaux galopaient déjà tout autour d'eux.

« Cramponnez-vous ! cria le sage. Si l'un d'entre nous lâche prise, il mourra piétiné ! »

Le nuage de poussière envahit peu à peu l'atmosphère. On devinait en son sein les contours flous d'une multitude de silhouettes : carnivores et herbivores, proies et prédateurs, tous unis dans un même élan de survie.

« Bon sang, Nicolède ! glapit Lanfeust en se masquant le visage pour ne pas être aveuglé de poussière, mais qu'est-ce qui les terrorise à ce point ?!

— Des voraces ! » répondit le vieux sage, les traits marqués par l'inquiétude.

Si les pouvoirs magiques conjugués des habitants des villes et des villages protègent le citadin des dangers, il en va tout autrement pour celui qui s'aventure sur les routes. Troy est une terre fascinante, surprenante, mais surtout dangereuse. De tous les fléaux qui hantent les plaines, un est particulièrement terrible : la migration des voraces.

Ces immondes créatures ressemblent à des crustacés terrestres flanqués de six pattes musculeuses et d'une paire de pinces aux tranchants aiguisés comme des rasoirs. Leur mâchoire, très puissante, est capable de sectionner un jarret de buffle comme une simple brindille. Rapides et très mobiles, ils semblent n'avoir été créés que pour détruire.

Les voraces se déplacent sans cesse, en hordes de plusieurs milliers d'individus. Devant, progressent les adultes, déchiquetant végétaux et animaux pour les plus jeunes. Lorsqu'ils vieillissent, ils cessent de se nourrir et finissent par tomber de fatigue et d'inanition. Leurs cadavres servent alors de pâture au reste du groupe.

Rien ne peut dévier une troupe de voraces en marche. Ils ne s'arrêtent que lorsqu'ils rencontrent la mer, et encore, ils essayent de la dévorer.

Le gros des animaux en fuite était passé, à présent. Mais le crissement qui emplissait la plaine était de plus en plus proche. Lanfeust sauta sur la selle du pétaure et jeta un bref coup d'œil en arrière. L'horizon tout entier vibrait d'ombres mouvantes. Elles coulaient sur le sol, tel un liquide rouge sombre, menaçant, s'apprêtant à déferler sur eux.

Dans l'esprit du jeune homme se superposa l'image d'une marée montante faite de lames acérées. Un frisson lui parcourut l'échine.

« Allons, il n'y a plus un instant à perdre ! dit Nicolède. Nous avons encore une chance de leur échapper. Il faut atteindre ces rochers là-bas. (Il désigna un petit amas rocailleux à quelques centaines de coudées.)

— Mais enfin, pourquoi tant d'affolement ? intervint Cixi. Vu d'ici, il est évident que ces bestioles plates rasent les pâquerettes. Notre pétaure va piétiner tout ça sans même s'en apercevoir, non ?

— Il va surtout se faire dévorer les pattes ! rétorqua le vieux sage. Allez, nous devons faire très vite. Chantez tous avec moi... Oui, même toi, Lanfeust ! »

Telle une horde barbare implacable, le troupeau de voraces barrait à présent le paysage, détruisant tout sur son passage. Une marée sanguinaire qui ne laissait derrière elle que désolation et ossements.

La voix cassée par l'anxiété, les compagnons tentaient de pousser le pétaure au-delà de ses limites. Chacun chantait avec ferveur, parcourant le répertoire le plus rythmé qu'il connaissait.

« *Oyez, oyez ! La bourrée du joyeux laboureur, qui toujours se mit à l'heure du semeur...*, criaient-ils à l'unisson.

— *Écoute mon ode, laboure ton champ...*, s'égosillait Lanfeust.

— Mille grimoires véreux, accélérez ! supplia Nicolède en regardant derrière lui. On ne va pas y arriver...

— *Et cours et cours et cours la ribaude !* » hurlait Cixi.

Cependant, malgré l'allure forcée, les voraces se rapprochaient inexorablement. Les compagnons augmentèrent encore la cadence. Les foulées du pétaure se firent plus rapides.

Toujours plus rapides.

Encore plus rapides.

Jamais l'animal, nullement constitué pour un tel exercice, n'avait été aussi véloce. On eût dit qu'il galopait presque ! Bientôt le groupe serait à l'abri sur les rochers.

Sentant cette énorme proie leur échapper, les voraces furent gagnés par une frénésie incontrôlable. Leurs cerveaux reptiliens ne connaissaient ni la fatigue, ni la pitié. Ils ordonnèrent à leurs multiples pattes d'enchaîner les mouvements jusqu'à ce que mort s'ensuive. Une partie des créatures succomba instantanément sous l'effort. Mais le gros de l'immonde flot se mit à gagner du terrain. Ils étaient proches...

« Quelques toises à peine et nous serons hors d'atteinte », supplia Nicolède.

Plus proches...

« Le rocher ! On y est presque ! » lança Lanfeust.

Encore plus proches...

« GRÏ-Ï-Ï-Ï-Ï-Ï-HHKKK !!! »

Le pétaure ralentit brutalement, tandis que son cri résonnait comme un glas lugubre.

Les premières créatures avaient atteint sa hauteur. Elles déchiquetaient déjà le cuir épais de ses pattes. Il tenta d'avancer péniblement. Désormais, il ne suivait plus qu'une seule voix : celle de sa survie.

Horrifiés, les compagnons ne pouvaient que constater l'efficacité de la horde déchaînée. Galvanisés par le flot de sang qui s'écoulait des larges blessures de l'animal, certains voraces commençaient à s'insinuer *à l'intérieur*, lacérant tripes et organes.

« Vite, grimpez sur le toit de la nacelle, ordonna Nicolède à ses deux filles. Restez là-haut et ne bougez plus, ces monstres ne s'attaquent pas au métal.

— Lanfeust ! » hurla C'Ian.

Mais le jeune homme n'écoutait pas. Ignorant sa propre peur, il restait vissé à la selle pour guider les derniers pas du pétaure.

« Allez, plus que quelques coudées, chantonnait-il penché sur la vaste oreille. Cou-

rage ! Un dernier effort, afin que ta mort ne soit pas vaine ! »

Il flatta l'encolure de l'animal, comme si cette caresse dérisoire avait le pouvoir d'apaiser son agonie. Le pas du pétaure était devenu lourd. La marée des voraces recouvrait ses pattes, déchirant ses chairs, sectionnant les nerfs, réduisant ses muscles en lambeaux. Lanfeust lui-même était couvert du sang de l'animal. Il lutta quelques ultimes secondes pour ne pas s'enfuir en hurlant.

Puis l'une des créatures atteignit le cœur. Le pétaure se figea tandis que son muscle explosait sous la puissance des pinces.

La course désespérée s'acheva là.

Le rocher était presque à portée de main.

Inaccessible.

« Ton pouvoir, Lanfeust ! rugit Nicolède. Fais appel au Pouvoir Absolu !

— Ça oui, gronda le jeune homme dans un rictus de haine. Je vais réduire ces saletés de bestioles en petits tas fumants. »

Il se leva sur la selle et écarta les bras, prêt à déchaîner les flux de la magie. Son regard brillait d'une lueur folle : une flamme impure attisée par l'envie de vengeance et de meurtre. Il se concentra... Rien.

Perplexe, Lanfeust songea que l'affolement avait dû entamer ses capacités. Il fit le vide dans son esprit. Il visualisa les trombes de feu qu'il désirait abattre sur les voraces, se concentra à nouveau, et... toujours rien.

« Je... Je ne sais pas ce qui se passe. Je n'y arrive pas, maître Nicolède !

— Tant pis, viens Lanfeust, articula le sage au milieu d'un concert d'atroces crissements. Rejoins-nous tant qu'il en est encore temps ! »

Le jeune homme se libéra de ses étriers et donna quelques coups de pied pour repousser les plus proches des créatures. Il sauta sur ses jambes et grimpa en quelques instants jusqu'au sommet de la carcasse. Le claquement des pinces se rapprochait. Il ne lui restait plus qu'à escalader le petit dôme en acier riveté du palanquin. L'encolure de l'animal partait par lambeaux entiers.

« Par la foudre ! Mes grimoires ! Mes textes, mes cartes ! s'exclama Nicolède depuis le toit. Tout est resté dans ma besace ! Sans eux, nous sommes perdus !

— Trop tard, fit C'Ian. Elle est enroulée autour du pommeau de la selle. Lanfeust, donne-moi ta main et monte ici avec nous. »

Mais au lieu de s'exécuter, l'apprenti forgeron interrompit son mouvement. Il plongea son regard dans les yeux de C'Ian. Il les trouva d'un bleu profond, infini. Il adressa un bref sourire à la jeune femme, puis fit volte-face.

« Je vais chercher vos grimoires, Nicolède, lança-t-il en sautant.

— Noooon ! » hurlèrent en même temps C'Ian, Cixi et Nicolède.

Ils se précipitèrent au bord du toit du palanquin, persuadés d'assister à sa mort. Mais contre toute attente, le jeune homme s'en sortait plutôt bien. Après avoir dansé d'un pied agile entre les créatures perchées sur la carcasse, Lanfeust avait atteint la selle en deux sauts rapides. La sacoche en main, il s'apprêtait à défaire la boucle qui la retenait. C'était presque trop facile.

« KLAAC ! » fit alors une monstrueuse pince.

Elle avait jailli de l'encolure, à travers le mufle du pétaure. Et surtout, elle avait sectionné net la lanière retenant la sacoche.

Le précieux bagage glissa entre les doigts de Lanfeust et tomba dans le vide.

« Foutrefiente ! »

En contemplant la marée de monstres au-dessous de lui, l'apprenti forgeron marqua une seconde d'hésitation. Ses réflexes jugèrent ce délai trop long : ils décidèrent de prendre les choses en main. D'un coup explosèrent dans sa mémoire toutes les années qu'il avait passées à sauter entre les hauts-fourneaux et les coulées de métal en fusion. Sa moelle épinière lui ordonna : « *Enroule ton poignet autour de cette sangle, plonge dans le vide, tends l'autre main, tu vas décrire un immense arc de cercle, et remonter de l'autre côté...* »

« Yabahaaah ! »

Lanfeust tourna en hurlant, saisit la sacoche en plein vol et se retrouva à cheval sur la selle. Il regarda ses mains, impressionné par sa propre audace. Il venait d'accomplir un vol plané de trois cent soixante degrés !

« Merci et adieu, messieurs les voraces ! » se permit-il de crier en riant.

Il remonta aussi vite qu'il le put jusqu'à la nacelle et jeta la sacoche sur le toit. Nicolède lui tendit une main secourable. Le jeune homme cala l'un de ses pieds sur une aspérité de la paroi de fer, et poussa pour grimper.

« Hé ! Nicolède, j'espère que vos filles n'ont pas raté ça ! Vous avez vu comment j'ai... Arrhhh ! Ma jambe ! »

Un vieux vorace, émergeant de la carcasse, venait de refermer ses mâchoires sur la cuisse de Lanfeust. Il sentit les pinces pénétrer ses chairs et déchiqueter ses muscles. Il essaya d'articuler un son, mais il avait le souffle coupé.

Le jeune homme transpirait. Il vit ses amis tenter de le tirer sur le toit. Leurs voix semblaient si lointaines.

Soudain il entendit un horrible craquement : le son de son tibia que la terrible pince broyait. Puis il perdit connaissance.

La douleur réveilla Lanfeust. Il ne savait combien de temps s'était écoulé. Peu sans doute, puisque les voraces étaient encore là.

Cixi, C'Ian et Nicolède se penchaient sur lui. Le vieux sage distribuait des instructions tandis que ses deux filles s'agitaient. L'air tout entier vibrait des claquements des pinces et mâchoires des voraces.

Un brouillard sanglant gênait la vue de Lanfeust. Il avait du mal à comprendre ce qui se passait. Il entendait les commentaires de ses trois compagnons lui parvenir comme à travers une lourde tenture.

« Il faut lui faire un garrot, disait C'Ian tout en déchirant un pan de sa robe... Tu dois tenir, mon amour ! ajouta-t-elle en lui caressant les cheveux. Quelques heures seulement, et je vais pouvoir te guérir...

— Courage, Lanfeust, affirma Nicolède. Le pouvoir de guérison de C'Ian est très efficace, mais tu sais qu'il ne fonctionne que la nuit. Nous allons tenter de stopper l'hémorragie en attendant. Accroche-toi, mon garçon, le crépuscule est proche... »

En quelques instants, les sons s'atténuèrent jusqu'à ne plus laisser résonner que la respiration haletante de la petite troupe. Un silence de mort qui, après un carnage, précède habituellement les cris des charognards. Sauf qu'il n'y avait aucune charogne à nettoyer, sur cette plaine. Là où étaient passés les voraces, il ne restait plus rien : ni végétation, ni chair à consommer.

Le pétaure n'était plus qu'un gigantesque squelette au-dessus duquel trônait la nacelle. Sur son toit, osant à peine bouger, se tenaient les fines silhouettes des naufragés survivants. On aurait dit un vaisseau fantôme posé au milieu de la lande désolée.

Lanfeust ne criait plus. Il geignait sourdement, luttant à chaque minute pour ne pas sombrer dans le coma. Il redoutait par-dessus tout ce genre de sommeil. Il avait entendu dire que l'on n'était jamais bien sûr de pouvoir en émerger.

Il pria pour entendre une bonne blague de Cixi, une histoire de Nicolède, une remontrance de C'Ian... N'importe quoi pour se sentir plus léger.

Jamais l'ombre de la mort ne s'était posée aussi près du jeune homme.

chapitre 10

Dur, dur d'être un héros

Pas une brindille, pas un lambeau de chair, rien. Là où étaient passés les voraces ne demeurait que la désolation totale. La lande, jadis fleurie, exhibait à présent sa terre mise à nue, comme une plaie gigantesque ouverte vers le ciel. L'air lui-même semblait avoir été vidé de tous ses parfums.

La jambe de Lanfeust nétait plus qu'un moignon sanguinolent. Le liquide rouge et visqueux, mêlé d'humeurs blanchâtres, s'échappait encore de l'affreuse blessure. Le garrot qui enserrait le haut de la cuisse avait permis de ralentir cette hémorragie de flux vital, repoussant un peu la terrible issue. Mais Lanfeust sombrait déjà dans un état comateux.

« Il ne tiendra pas jusqu'au crépuscule, déclara gravement Nicolède. Il perd bien trop de sang et il risque l'infection. Je vais essayer de dénicher de quoi fabriquer un onguent qui ralentira l'hémorragie et calmera la douleur. (Le vieux sage se tourna vers Cixi.) Viens avec moi, ma fille, tu tâcheras de récupérer tout ce qui peut l'être pendant ce temps.

— Oui, papa », répondit Cixi en se levant.

Elle paraissait lasse et ne tentait même plus de dissimuler son inquiétude sous ses habituelles fanfaronnades. Elle jeta un dernier coup d'œil compatissant à sa sœur qui tenait le jeune homme entre ses bras.

« Nous allons revenir vite, sœurette », ajouta-t-elle doucement à l'intention de C'Ian.

Puis Cixi se laissa glisser le long des côtes du pétaure nettoyées de leur chair et rejoignit Nicolède qui s'éloignait déjà en direction d'un bosquet, en lisière de la trace des voraces.

« Ne t'endors pas, mon amour. Écoute ma voix et dans quelques heures tout ceci ne sera plus qu'un mauvais rêve, répétait C'Ian, je te le jure... »

Son regard azur perlait de larmes. Lanfeust, les yeux fermés, ne parvenait plus à rester éveillé. Les traits tirés de souffrance, le front inondé de sueur, une fièvre maligne dévorait son organisme. Pourtant, entre deux malaises, il tentait de maintenir le contact.

« C'Ian... On dirait que c'est fini... », fit-il remarquer lucidement.

La jeune fille sursauta, surprise par le timbre lugubre de sa voix.

« ... Je... Je veux dire... les voraces... c'est fini... ils sont partis, ajouta Lanfeust dans un souffle.

— Oui, répondit C'Ian, soulagée, il y a près d'une heure maintenant que tout s'est arrêté...

— Oh ? Décidément, je ne vois pas le temps passer entre tes bras... », tenta-t-il de plaisanter.

Un sourire triste illumina quelques secondes le visage de la jeune femme.

« Comment te sens-tu ? poursuivit-elle.

— Pas terrible, vraiment. J'ai perdu une jambe et mes nouveaux pouv... arrh quelle douleur !

— Détends-toi, mon amour. Évite de parler. Cixi et père ne devraient pas tarder », dit C'Ian tout en plongeant son regard dans celui de son fiancé.

Puis ils se turent, les yeux dans les yeux, engageant un dialogue muet bien au-delà des mots...

Nicolède avait fini par dénicher quelques plantes utiles. En particulier une minuscule fleur rosâtre, rabougrie et pleine d'épines. Seul l'œil exercé de l'érudit pouvait y déceler la fameuse Hantalgye aux vertus médicinales inestimables. Il préleva avec délicatesse les quelques brins dont il avait besoin. Puis il tira de sa besace un flacon d'huile, un petit pilon et un creuset. Il y jeta les débris végétaux ainsi qu'un peu d'amadou. Agenouillé dans la poussière, broyant les plantes d'un pilon précis, il entreprit de mélanger plantes et huiles

au rythme d'une formule qu'il psalmodiait lentement.

Cixi, quant à elle, s'était rapidement lassée de la cueillette des fleurs. Elle avait débuté une exploration en règle de la carcasse pour tenter de récupérer quelques bribes de matériel : une sangle de cuir par-là, un morceau d'étoffe par-ci, quelques fragments métalliques, une marmite...

Elle réfléchit un instant tout en contemplant les arcs solides de la cage thoracique du pétaure. Elle saisit une dague, tombée pendant l'assaut, et commença à sectionner les tendons qui retenaient encore les côtes. Les voraces avaient déjà bien avancé le travail. Cixi n'eut aucune difficulté à dégager deux os de quelques coudées de long. Enfin, elle entreprit de tresser les lambeaux d'étoffe qu'elle avait récupérés.

« Cela devrait faire une civière acceptable », se dit-elle, satisfaite de son idée.

Elle regarda son père remonter sur le gigantesque squelette. Cixi s'apprêtait à le héler pour lui montrer son œuvre, mais Nicolède la devança :

« Reste là, je t'envoie ta sœur pour préparer notre départ. Nous ne pouvons pas rester ainsi. Nous sommes bien trop vulnérables à découvert. Surtout si un troll rôde dans les parages.

— Bien papa », répondit la jeune fille un peu vexée.

Le vieux sage avait rejoint le palanquin. Il contempla un instant le couple lové dans l'ombre, silencieux.

« Décidément, ces deux-là sont faits pour aller ensemble », songea-t-il, un peu ému.

« Hum... Hum...

— Oh, père ! Tu étais là, sursauta C'Ian en se retournant. Il... Lanfeust, je crois qu'il souffre énormément, tu sais...

— Ne t'inquiète pas, répondit Nicolède en passant sa main calleuse dans la chevelure de sa fille. J'ai préparé un onguent qui devrait le soulager jusqu'à la nuit. Allez, rejoins ta sœur. Nous partirons dès que ton fiancé aura retrouvé quelques forces. »

Le sage regarda C'Ian descendre le long du pétaure puis revint à Lanfeust. Il contempla d'un air désolé les bandages raides de sang coagulé et commença à les défaire lentement. Le jeune homme, plongé dans une torpeur profonde, ne réagit même pas. Nicolède examina la blessure béante : la jambe avait été sectionnée de façon nette et précise. Il enduisit la face tranchée d'une épaisse couche de l'onguent rosâtre qu'il avait confectionné. Le sang qui suintait encore s'arrêta immédiatement de couler.

« Aaaaah ! Mais, que... Oh ! c'est vous, maître Nicolède. »

Lanfeust s'était éveillé en sursaut.

« Cet onguent devrait te soulager rapidement, expliqua le sage. Bientôt tu ne sentiras plus la douleur. Cela devrait tenir jusqu'à ce soir. Ensuite ce sera à C'Ian de tirer le maximum de son pouvoir de guérison. Je vais maintenant t'aider à descendre. Nous devons nous réfugier dans la forêt jusqu'à la nuit, nous y serons moins exposés qu'ici. »

Lanfeust ne fit aucun commentaire et se laissa sombrer de nouveau dans un sommeil réparateur, attendant que l'onguent fasse son effet.

Ils patientèrent ainsi de longues minutes, pendant que les filles achevaient les préparatifs pour le départ. Nicolède contemplait la plaine désolée. Déjà, quelques animaux revenaient sur leur territoire. De loin en loin, un brin d'herbe survivant se relevait à la faveur d'un coup de vent.

Le vieux sage sourit : certes la végétation ne repousserait qu'à la saison prochaine, mais la vie reprenait ses droits.

« C'est un signe de bon augure », songea-t-il.

Il tourna de nouveau son regard vers son jeune protégé. Les joues de Lanfeust reprenaient un peu de couleurs. Le garçon revint à lui, presque détendu.

« Je crois que ça va mieux... enfin, je ne me sens pas très vaillant, mais la douleur est lointaine, comme contenue derrière un mur.

— Parfait, il nous faut partir à présent. Il est trop risqué d'attendre plus longtemps. »

Nicolède arrima Lanfeust au bout d'une corde solide et utilisa le pommeau de la selle comme poulie. Arc-bouté de toute la puissance de ses vieux muscles, il laissa doucement descendre le garçon jusqu'au sol. Cixi et C'Ian l'installèrent le plus confortablement possible sur la litière de fortune.

Le sage les rejoignit, le souffle court et le visage encore marqué par l'effort.

« Excellente idée cette civière », glissa-t-il à Cixi, qui en rosit de satisfaction.

Il récupéra quelques bandes de cuir et les noua à l'avant de la litière. Puis, tel un animal de trait, il se harnacha. Nicolède ébranla le fragile attelage avec un « han » énergique et se mit à avancer lentement, en respirant à grand bruit. Ses deux filles suivirent en silence, le cœur lourd.

Ils progressèrent ainsi durant deux interminables heures. On n'entendait plus que la respiration haletante de maître Nicolède, et les râleries de Cixi qui se plaignait de ses pieds.

Malgré tout, petit à petit, l'état de Lanfeust semblait s'améliorer.

« Dites, maître Nicolède, pour ma jambe...

— Je ne m'inquiète pas, C'Ian peut faire des miracles. En revanche, la perte de tes pouvoirs me préoccupe. Je ne parviens pas à comprendre...

— Ah, ça, je ne les ai pas gardés bien longtemps !

— Attends une seconde, nous allons faire une pause. Je suis épuisé ! »

Nicolède s'assit sur une pierre. Il sortit une gourde, s'aspergea d'un peu d'eau fraîche, puis s'approcha pour faire boire le jeune homme.

« Est-ce que tu peux toujours faire fondre les métaux ?

— Ben, je n'ai pas essayé... »

L'apprenti forgeron avala quelques gorgées et s'essuya sur le revers de sa chemise souillée. Il se dressa sur la civière. Lanfeust fixa un instant la boucle de ceinture de Nicolède. Aussitôt il sentit la magie affluer, tandis que ses mèches rousses se tendaient vers le ciel.

« Hola, arrête ! protesta le sage en se frottant le ventre, là où quelques poils avaient roussi. On dirait bien que ton pouvoir est toujours là. Puisqu'il en est ainsi, tout n'est pas perdu. Courage ! Eckmül nous attend ! Les vénérables sauront répondre à nos questions. »

Il fouilla dans sa besace et en sortit de nouveau sa vieille carte de Troy.

« Hum, voyons... Puisque nous n'avons plus de pétaure, nous allons couper par la montagne », dit-il en désignant les reliefs qui obscurcissaient l'horizon.

Cixi se racla ostensiblement la gorge. Elle s'était assise sur une couverture et arborait une mine renfrognée.

« Dis, papa, pourquoi on retourne pas plutôt chez nous ? demanda-t-elle en se massant la plante des pieds. Je n'ai vraiment pas envie de faire cette route interminable en marchant pendant des centaines de lieues !

— Elle n'a pas tort, ajouta Lanfeust. D'autant plus que je n'ai plus rien à montrer aux sages. »

Nicolède étudiait la carte avec application :

« Qui parle de tout faire à pied ? Regardez, dit-il en faisant courir son doigt sur le tracé d'un petit sentier. Nous allons traverser là. Sur l'autre versant, nous arriverons au port de Jaclare. De là, nous n'aurons plus qu'à embarquer pour Eckmül. Si tout va bien, nous serons au Conservatoire avant une semaine ou deux ! »

Son enthousiasme et sa détermination ne laissaient guère de place pour la négociation.

« Fouacre de brotte ! On ne rentre pas chez nous, alors ! » gémit Cixi en écrabouillant un insecte qui passait à proximité.

Elle se mit debout et reprit la marche, grommelant et donnant des coups de pied dans les cailloux. C'Ian se glissa à côté d'elle :

« Tu as insisté pour venir, petite sœur. Tu aurais pu rester avec Almisuifre.

— C'est bon, n'en rajoute pas ! »

Nicolède réinstalla son harnachement et cala les extrémités de la civière sous ses aisselles. Il respira un bon coup, afficha un sourire inébranlable et démarra d'un bon pas.

« Et si ça se trouve, songea-t-il, nous allons même survivre à ce voyage. »

Quelques heures plus tard, la petite troupe atteignait enfin les premiers sous-bois. Sous les feuillages de la forêt, la lumière du jour s'étiolait rapidement. Nicolède se débarrassa de sa charge dans un soupir de soulagement :

« Nous devons abandonner la civière. Elle ne passerait pas dans les ronces et les broussailles. Lanfeust, il va falloir marcher. Tu t'appuieras sur moi. »

Le jeune homme fit la grimace. L'effet de l'onguent commençait à s'estomper et la perspective d'une balade en forêt sur une seule jambe ne suscitait pas chez lui un enthousiasme forcené.

Il se leva malgré tout, et suivit le rythme. Pendant une demi-heure, il se concentra de toutes ses forces sur sa tâche, fixant son regard sur la tâche azur que faisait la robe de C'Ian. Progressant péniblement, les compagnons atteignirent ainsi la berge d'une large rivière. L'état du jeune homme leur fit renoncer à traverser le cours d'eau. Ils longèrent la rive à la recherche d'un abri.

« Lanfeust, ton Pouvoir Absolu a été passager, mais le fait demeure d'une grande importance. Tu dois comparaître devant les Érudits du Conservatoire. J'y ai bien réfléchi : je pense que cette magie ne se manifeste qu'en présence de l'ivoire du Magohamoth.

— Alors nous n'aurions pas dû laisser l'épée au chevalier Or-Azur », dit le jeune homme en grimaçant.

Malgré ses efforts, il faiblissait sur son unique jambe. Bientôt, il ne pourrait plus avancer.

« Père, intervint C'Ian, je crois qu'il faut

nous arrêter. Cet endroit convient parfaitement, et Lanfeust ne peut pas aller plus loin.

— Tu as raison, ma fille. Nous sommes tous épuisés. »

Ils s'arrêtèrent, adossant Lanfeust contre un rocher. C'Ian et Nicolède s'installèrent à côté de lui pour le réconforter. Cixi se déchaussa et alla faire quelques pas dans l'eau.

Le soleil était bas, ses derniers rayons frappaient de biais la surface de l'eau. On percevait déjà l'ombre diaphane des deux lunes de Troy qui montaient dans le ciel.

« La nuit approche, dit Nicolède. Je pense que nous devrions être en sécurité, maintenant. »

Le vieux sage sortit une petite gourde de vin, du gris de Klostope, et ils partagèrent chacun quelques gorgées. L'air fleurait bon la mousse fraiche et le bois. Pour la première fois depuis bien des heures, les voyageurs se détendirent. Lanfeust ferma les yeux et soupira, alors que C'Ian posait sa tête contre son épaule.

Aucun d'entre eux n'avait vu les feuillages s'écarter, sur la rive d'en face. Une minuscule trouée d'ombre, où on aurait pu voir luire deux terribles yeux rubis surmontant une impressionnante mâchoire.

Puis le visage s'effaça dans la verdure.

chapitre 11

Hébus le troll

Perché sur la plus haute branche d'un arbre, un rapace muni de quatre ailes et d'un long bec dentelé observait le ciel. Les nuages y avaient coagulé en de longues traînées orange, sous les feux du soleil mourant.

Comme approbateur, le rapace hocha la tête par saccades et lissa ses plumes.

Autour de lui, les feuilles brillaient comme un fleuve d'or pur. Sur ses serres soufflait un petit courant d'air chaud exhalant les parfums de la forêt profonde.

Un être humain aurait sans doute apprécié cet instant. Un rare moment de paix, au milieu de la nature sauvage et violente du monde de Troy. Le volatile, lui, éprouvait juste une sensation indéfinissable. Son cerveau primitif l'analysa brièvement, puis décida de la classer parmi les choses agréables. Moins agréable, cependant, que la perspective de son dîner proche.

Le rapace darda un œil noir à travers le fleuve de verdure et tenta d'en percer la surface.

Là, dans les profondeurs des futaies, la mort rôdait. Bientôt, elle aurait accompli son œuvre. L'oiseau, habitué à se nourrir avec les restes des autres, n'avait qu'à attendre son tour pour se repaître d'un peu de viande fraîche.

« Arrhhh ! »

Le cri de soufrance déchira le feuillage. Le rapace, prudent, s'envola dans un battement de plumes. Il décrivit un large cercle et revint se poser un peu plus loin.

Un simple contretemps, tout au plus. Ces humains, en dessous, semblaient ignorer le danger qui les menaçait. Ils paraissaient si primitifs parfois.

L'oiseau croassa de plaisir. Il n'y en avait plus pour longtemps, maintenant.

« J'ai trop mal, gémit Lanfeust. Abandonnez-moi là, je veux mourir. De toute façon, j'entends déjà les cris des charognards... »

Cixi acheva de défaire le bandage du jeune homme.

« Non mais quel douillet, celui-là ! On lui change trois pansements et on l'entend beugler jusqu'à Eckmül. Un peu de patience ! C'Ian va s'occuper de toi. »

La petite troupe avait adossé son campement à un gros rocher près d'une paisible rivière. De vieux saules aux troncs noueux formaient une palissade de verdure. Leurs branches traînaient dans l'eau, produisant un clapotis continu. En d'autres circonstances, chacun aurait certainement trouvé l'endroit charmant.

Lanfeust fixa son regard sur le feu de camp. Il préférait ne pas contempler les contours de sa jambe sectionnée. Il ne sentait presque plus l'effet de l'onguent de maître Nicolède. Le moindre mouvement était redevenu une véritable torture. Seconde après seconde, il luttait pour ne pas perdre à nouveau connaissance.

« Je crois qu'il n'est vraiment pas bien, dit le vieux sage en observant ses lèvres exsangues. Cixi, tu ferais mieux de rappeler ta sœur. »

C'Ian avait escaladé les premières branches d'un arbre. Le cou tendu, elle guettait la course du disque rouge du soleil, priant pour qu'elle s'achève.

« Hé, sœurette ! cria Cixi. Papa dit qu'il faut se dépêcher de rendre sa jambe à ton fiancé. Où en es-tu ?

— Le soleil a presque disparu, répondit C'Ian en redescendant rapidement. Le crépuscule approche. Je sens l'énergie affluer en moi. Tiens bon, mon Lanfeust ! »

Elle s'agenouilla à côté de lui.

« Tu as mal ?

— Bein... un peu, oui. Mais Nicolède a dit que c'est normal. Il paraît que ça fait toujours ça quand on vous coupe une jambe.

— La plaie semble saine. Détends-toi... »

C'Ian écarta les mains. Ses cheveux se dressèrent vers le ciel tandis que son corps s'illuminait d'une aura bleutée. Lanfeust croyait presque contempler un ange.

« Ça y est ! s'écria la jeune femme. Vite, commençons par les os ! »

Tout d'abord, des volutes d'énergie s'enroulèrent autour du genou de l'apprenti forgeron, et descendirent selon deux lignes parfaites. Tibia et péroné apparurent, bientôt suivis par l'engrenage complexe de la cheville et du pied.

« ... Tendons et fibres, maintenant », ordonna C'Ian en se concentrant.

Dans un déchaînement de puissance, des

masses rouges et striées bourgeonnèrent et vinrent s'attacher en quelques secondes à des centaines de points d'ancrage osseux. Puis elles se resserrèrent jusqu'à se tendre comme des câbles d'acier.

« Le plus pénible, enfin... »

Les pédicules des veines et des artères apparurent, s'enfonçant comme des serpents à travers la jambe. Lanfeust hurla de douleur au moment où ses nerfs se reconstituaient, propageant à nouveau les sensations.

« Courage, mon amour, c'est presque fini », annonça C'Ian, le visage crispé.

La peau recouvrit enfin le tout, et la lueur bleue se dissipa. La jeune femme passa une main sur le front glacé de son fiancé. Il était trempé de sueur, mais sa terrible pâleur avait disparu.

Lanfeust s'autorisa un sourire.

« Eh bien, je ne recommencerais pas ça tous les jours ! »

Tandis que sa sœur achevait les soins, Cixi dénichait quelques branches mortes. Elle choisit les plus sèches, constitua un fagot et s'en retourna près du feu où une marmite fumante mijotait. Une appétissante odeur commençait à monter dans l'air du soir.

La jeune femme s'arrêta un instant pour

écarter un insecte qui dansait devant ses mèches brunes. Son regard s'attarda sur la rive opposée... et elle hurla. Le fagot dégringola à ses pieds dans un craquement sinistre.

« Ma fille ! (Nicolède avait bondi.) Qu'est-ce que... ?!?

— Là ! » hurla Cixi en désignant du doigt un point situé entre les arbres, sur l'autre berge.

D'abord, Nicolède ne vit rien. Puis, ce qu'il avait tout d'abord pris pour un gros rocher se détacha à la lueur des flammes. Et lorsque le rocher se mit à avancer jusqu'au bord de l'eau, Nicolède se dit que les rochers avaient rarement autant de poils. Sans compter que la plupart du temps, les rochers ne bougent pas. Ah, tiens, pas rien que des poils, des dents, aussi.

Un troll !

« Grands dieux du Darshan !.. » murmura Nicolède, les yeux écarquillés.

La monstrueuse créature faisait plus de cinq coudées de haut. Une montagne de muscles, bardée de colifichets et de trophées. Il tenait à la main une énorme masse cloutée, reliée à son poignet par une lourde chaîne. Ses yeux rouges comme les braises de l'enfer scintillaient dans la nuit.

« BRRRAAOORRGGGG ! »

Le hurlement renversa la forêt et glaça le sang de toutes les créatures vivantes à des lieues à la ronde. Les deux jeunes femmes se figèrent. Le troll était sans nul doute la créature la plus terrifiante qu'elles aient jamais vue.

Le monstre continua de gronder. Manifestement dans une rage folle, il martelait la berge boueuse de sa masse. Une incroyable puissance émanait de lui. La vibration des chocs sourds faisait se dessiner des cercles à la surface de la rivière.

Cixi se cramponna à son père.

« Il... Il va attaquer ? murmura-t-elle d'une voix blanche.

— Pour cela, il faudrait qu'il trouve le courage de traverser l'eau. Par chance pour nous, il en a absolument horreur.

— Et pourquoi cela ?

— Ça pourrait le laver. »

Le troll scrutait le groupe en faisant des allers et retours au bord de la rivière. Même à cette distance, on pouvait percevoir son odeur de fauve faisandé. Une poignée de mouches bourdonnait au-dessus de sa tête comme des supporters encourageant un sportif.

Lanfeust se redressa sur ses jambes, heureux de sentir qu'elles étaient de nouveau au nombre de deux. L'euphorie de son intégrité retrouvée n'avait guère duré face à cette nouvelle menace. Tout convalescent qu'il était, il ne se faisait pas d'illusions sur ses chances de succès si le monstre venait à charger.

Il testa sa nouvelle jambe du bout des doigts... et la trouva comme neuve. D'ailleurs, à dire vrai, lui-même ne se sentait pas fatigué.

Il n'en revenait pas !

Ce n'était pas la première fois qu'il voyait à l'œuvre le pouvoir de C'Ian, mais décidément, la jeune femme était capable d'accomplir des merveilles.

« Si seulement nous pouvions le retourner..., dit Nicolède.

— Retourner qui donc ? demanda Lanfeust en sautant sur ses pieds d'un air ravi.

— Le troll.

— Ah ? Je ne savais pas que les trolls étaient moins dangereux de dos.

— Ce n'est pas ce que je voulais dire, répondit le sage. Je parle d'un enchantement. Un sortilège de retournement. Sous son influence, un troll peut devenir une agréable créature et un gai compagnon. »

Lanfeust se demanda si maître Nicolède ne se trompait pas de créature. Même en examinant très attentivement la masse de muscles et de dents qui beuglait de l'autre côté de la rivière, on avait du mal à imaginer un gai compagnon.

« Vous... seriez capable d'un tel prodige ? demanda le jeune homme.

— Naturellement. Je suis un sage d'Eckmül, tout de même ! C'est un travail très simple. Mais pour le réaliser, il me faut un sujet immobile pendant trois ou quatre minutes. »

Sur l'autre berge, le troll s'était arrêté comme pour écouter la conversation. Il cassa négligemment le tronc d'un arbre entre deux doigts et entreprit de se curer les dents avec. Il souriait largement.

Lanfeust regarda la rivière. Puis le troll. Puis la rivière encore. Un éclair d'intelligence déforma son visage.

« Un sujet qui se tienne tranquille, hein ? Donnez-moi une seconde. Je vais vous trouver ça. »

Lanfeust s'avança au bord de l'eau.

« Mais où vas-tu ? » demanda C'Ian, inquiète.

Le jeune homme ne répondit pas et s'adressa au troll :

« Hé, toi ! » lança-t-il dans sa direction.

Le monstre redoubla de coups sur la grève. Ses yeux s'étaient plissés en deux minces fentes braquées sur Lanfeust.

« Ouais, toi, gros tas puant ! Alors, lopette, on a peur de l'eau ?

— Mais arrête, Lanfeust ! Tu es devenu complètement fou ? s'exclamèrent en chœur les deux sœurs.

— Laissez, les filles, je sais ce que je fais. »

Lanfeust attrapa un bras de chaque demoiselle et les brandit bien haut.

« Alors tas de boue ! Je t'offre deux belles pucelles et tu crains une flaque ? T'es pas un homme... heu, un troll, ou quoi ? »

Le troll cessa de taper et fit des yeux ronds. Puis il fronça les sourcils. Ses naseaux s'élargirent, et il souffla bruyamment. Malgré la rivière entre eux, le sol se mit à trembler. Le bruit évoquait des rochers dévalant les profondeurs d'un torrent : le troll s'était finalement décidé à traverser la rivière.

Cixi se prépara à grimper à un arbre.

« Ça y est, il attaque, bredouilla-t-elle.

— Lanfeust ! Il va nous dévorer ! » s'écria C'Ian.

Le troll avait déjà atteint le milieu de la rivière. Il était trempé jusqu'à la taille, ce qui sembla le rendre encore plus furieux, bien que ce soit difficilement concevable.

Nicolède restait campé sur ses deux jambes, les dents serrées, le regard fixé sur Lanfeust. Puis un sourire gagna le coin de ses lèvres :

« Je crois que je commence à comprendre ton idée ! Pas bête du tout, ça ! »

Le jeune homme s'agita :

« Attention... Cixi, tiens-toi prête...

— Mais prête à quoi ? Il est presque à la moitié de la rivière ! On est fichus ! »

Lanfeust ne quittait pas le monstre des yeux. Traversant avec répugnance, la créature franchissait la partie la plus profonde. L'eau atteignait presque sa poitrine. Lanfeust frémit : c'était le moment.

« Cixi ! à toi maintenant ! Gèle l'eau ! s'écria-t-il.

— Que je... Oh ! »

Elle comprit en un éclair. Braquant son regard sur l'eau autour du troll, la jeune fille envoya la plus magistrale décharge de magie dont elle était capable.

Une onde de choc traversa la rivière. La surface mouvante se figea en mille particules argentées. Un son puissant envahit la nuit : le grincement profond et caverneux de la coque de glace en train de se former.

Piégé au cœur du phénomène, le troll comprit immédiatement ce qui lui arrivait. Sentant contre lui l'eau se solidifier, il faisait des mouvements désordonnés et violents pour tenter de s'en extraire. Il abattait de toutes ses forces sa masse cloutée sur la rivière, faisant voler des échardes de givre.

Mais le processus se poursuivait inexorablement. Le troll frappa à nouveau, fou de rage. Las ! Le pouvoir de la jeune fille était trop puissant. La gangue de glace se refermait déjà autour de lui.

Le monstre laissa échapper un hurlement de colère et de dépit. Enfoncé jusqu'à la poitrine, il était prisonnier d'une masse gelée que même sa formidable puissance ne pouvait réduire en miettes.

Le troll était vaincu.

« On l'a eu ! s'écria Lanfeust en dansant une gigue de victoire. Et maintenant, tel le plus valeureux des paladins, je vais achever ce monstre ! Regarde, C'Ian ! »

Il s'élança, l'épée dégainée, un sourire carnassier aux lèvres.

« Lanfeust, non ! » cria Nicolède.

Mais le jeune homme était déjà parti.

« Ne t'inquiète pas papa, dit Cixi, je te l'arrête. »

Alors qu'il avait progressé de quelques pas sur l'eau gelée, un cercle fondit juste sous les pieds du jeune homme. Il patina quelques instants sur place, et s'effondra dans un plongeon retentissant.

« Ha ! C'est froid ! s'écria Lanfeust en émergeant. La peste ! Deux fois qu'elle me joue le même tour. C'est a..., c'est aa...

— Amusant ? suggéra Cixi, un sourire en coin. Admirable ? 'Achement bien fait ? Alambiqué ? Andouille peut-être ?

— C'est aaa... aaatcha !... C'est ASSEZ ! »

Nicolède s'approcha en veillant à conserver son équilibre et aida le jeune homme à sortir de l'eau.

« Je comprends ton agacement, Lanfeust.

D'autant que Cixi semble prendre beaucoup de plaisir à t'asticoter. Mais tu dois comprendre que capturer un troll vivant est une chance inestimable. Il faut absolument en profiter pour l'enchanter. Une fois à notre service, il pourra considérablement faciliter notre voyage. »

Pendant que Lanfeust reprenait pied sur la glace, Nicolède sortit de son sac une courte branche d'if durcie à la flamme. Elle était gravée de runes anciennes sur toute sa longueur. Le sage s'empara d'un petit pot de terre cuite et fit sauter le sceau qui en ornait le goulot. Il trempa la branche dans le pot et la ressortit imbibée d'un liquide rougeâtre. Il considéra son aspect avec satisfaction et déclara :

« Attention, écartez-vous tous, je vais commencer. »

Il peignit sur la glace une première série de signes cabalistiques. Puis il entreprit de faire le tour du troll, en poursuivant un entrelacs complexe de runes écarlates.

Le monstre le regardait en poussant des grognements menaçants. Il fit même claquer sa terrible mâchoire une ou deux fois, mais l'exercice était de pure forme. Il était bel et bien prisonnier. Le sage continua de graver ses runes, en prenant tout de même la précaution de se tenir à une distance un peu plus respectable. Il entama une mélopée gutturale, dans un langage inconnu, et alluma trois petits braseros d'encens.

L'ouvrage achevé, Nicolède assouplit ses chevilles. Il se préparait pour cette danse rituelle, assez surprenante, qui accompagne nombre d'enchantements majeurs. À vrai dire, la danse n'est pas toujours complètement indispensable. Mais elle aide le sage à parvenir au point de concentration nécessaire.

« Bien, je vois que vous êtes occupé, je vous laisse, maître Nicolède. J'ai un peu froid », dit Lanfeust à travers ses lèvres bleuies.

Alors que le vieux sage entamait sa ronde frénétique en psalmodiant des formules incompréhensibles, le garçon se dirigea vers la berge, grelottant et se tenant les côtes, puis se planta près du feu.

C'Ian était occupée à défaire les cheveux de Cixi, entremêlés dans le feuillage d'un saule.

« Aïe ! Ca tire ! C'est horripilant, ces cheveux qui se dressent à chaque fois que nous utilisons notre pouvoir.

— Il suffit de faire attention, répliqua C'Ian. Et cesse donc de bouger ou on n'y arrivera jamais. Quant à toi, Lanfeust, tu ferais mieux de te déshabiller et te sécher près du feu. »

Lanfeust s'approcha des flammes, tandis que Cixi arrachait elle-même ses dernières mèches. Elle se tourna vers le jeune homme :

« Oh, regardez-moi ce pauvre garçon. Il est tout trempé. »

Avant que Lanfeust n'ait eu le temps de répliquer, elle avait franchi la distance les séparant d'un simple bond. Elle se retrouva à genoux devant lui, en train de défaire son pantalon.

« Attends, mon grand. Je vais t'aider. Tes petites mains doivent être toutes gelées et rabougries. »

C'Ian se campa à côté d'elle et lui tapota l'épaule.

« Dis donc, Cixi, je crois que *mon* fiancé y arrivera tout seul, non ? Parce que tu sais, Lanfeust est *mon* fiancé. À *moi*, tu vois ? Quant à toi, grand benêt, j'aimerais que tu évites de prendre cet air ravi dès qu'une fille vient t'aider à enlever ton pantalon !

— Euh... oui, sûrement, bien sûr, comme tu veux ma chérie, articula Lanfeust avec prudence. Mais ça veut dire quoi, benêt ? »

C'Ian leva les yeux au ciel : on aurait pu croire que son inépuisable patience approchait de ses limites. Pourtant elle se contenta de respirer un grand coup, de se masser le coin des yeux entre le pouce et l'index, et un sourire bienveillant revint illuminer son beau visage.

« Ce n'est rien, mon chéri.

— Pfff ! railla Cixi. J'espère que le troll enchanté sera plus rigolo que vous. »

« RIGOLO, MOI ?! »

La voix caverneuse, grave et profonde, avait grondé comme une menace. Les trois jeunes gens sursautèrent. Une ombre énorme s'avançait sur eux. Le troll alla droit sur Cixi, leva une gigantesque patte griffue et... exécuta une parfaite révérence à ses pieds.

« Je vous présente Hébus, le troll, dit Nicolède.

— Je suis enchanté », précisa celui-ci sur un ton d'une exquise politesse.

Les compagnons se regardèrent, incrédules.

« Heu, nous de même, répondit C'Ian en rompant le silence. Voulez-vous... Voulez-vous partager notre souper ? »

Elle désigna la marmite qui mijotait sur le feu.

« Volontiers, merci, répondit le troll. À vrai dire, je meurs de faim. Je comptais sur vous pour le dîner, et voilà que la situation a fâcheusement tourné à mon désavantage. Pourtant, mon estomac gargouille toujours ! »

C'Ian avala sa salive une ou deux fois, et reprit rapidement son sang froid.

« Oh, je suis sincèrement navrée pour vous. La déception doit être terrible ! Vraiment, servez-vous sans façons.

— Ah ? Très bien, merci. »

Le monstre attrapa la marmite brûlante à pleines mains, et en trois coups de glotte engloutit l'intégralité du ragoût. Il avait avalé pêle-mêle les morceaux de viande fumée, les légumes et les racines épicées. Il éructa d'aise :

« BRÖOOT... 'Scuzez... Ah, votre bricole pour l'apéro, ça requinque ! Permettez-moi à mon tour d'aller vous chercher un petit quelque chose à grignoter... Je reviens. »

Le troll s'éloigna dans la forêt.

« Eh bien, fit Lanfeust en considérant la marmite broyée et abandonnée à terre. Quel changement ! »

C'Ian ne semblait qu'à moitié rassurée.

« Père, demanda-t-elle, es-tu sûr que nous pouvons faire confiance à cette créature ?

— En théorie, l'enchantement dure plusieurs mois. Mais on dit que sous le coup d'une vive émotion, le plus parfait des serviteurs peut redevenir une redoutable bête féroce.

— En tout cas, fit remarquer Cixi, il est assez civilisé pour porter un pagne. »

Hébus revint à cet instant précis. Il portait un ruminant sauvage sur le dos. Il abattit la carcasse sanglante aux pieds du groupe.

« J'ai trouvé ça. Vous le préférez cuit ou cru ?

— Déjà ? ! s'étonna C'Ian. Eh bien, plutôt cuit je suppose, précisa-t-elle avec un frisson.

— Parfait, je vous le dépèce.

— Gardez-moi un beau morceau de cuir, dit Nicolède. Je dois confectionner une nouvelle botte pour Lanfeust. »

La soirée était déjà bien avancée lorsque les compagnons achevèrent leur dîner. Chacun se préparait à passer la nuit le plus confortablement possible. C'Ian était déjà endormie sur un lit de mousse. À côté d'elle, Hébus et Cixi contemplaient les étoiles, allongés sur une roche plate. Lanfeust surveillait le feu qui ronflait doucement.

Nicolède fouilla dans son sac et ressortit sa carte. Il ajusta son monocle.

« Comme je le pensais, le port de Jaclare n'est qu'à quelques jours de marche à travers les Monts Sombres.

— Pourquoi gne pas avoir choigi chet itinéraire tout de chuite ? demanda Lanfeust en se curant les dents avec un bout d'os.

— Je préférais redescendre les plaines à dos de pétaure. Ces montagnes sont peu sûres. Elles abritent de redoutables prédateurs et sont infestées de canailles.

— Des bandits ? dit Cixi, dont l'œil venait de s'allumer.

— Oui. Des *Sans-Magie* qui ont préféré s'exiler dans les forêts et vivre de rapines. En temps normal, aucun voyageur censé ne passerait par ici. Mais avec un garde du corps comme Hébus, les choses sont différentes.

— Huk ! Huk ! Huk ! Ça c'est vrai ! ricana le troll. Avec moi, c'est pour les bandits que les montagnes deviennent peu sûres. »

Cixi se tourna vers le monstre.

« On discute, on discute, mais nous oublions les bonnes manières. Nous avons un invité, tout de même. Parlez-nous un peu de vous, Hébus. Mmm, vous êtes marié ?

— Hélas ! J'ai connu une fougueuse compagne. Mais je l'ai dévorée un jour de colère.

— Vous... Vous avez fait ça !

— Vous savez, douce Cixi, sans les enchantements de votre père, je vous croquerais comme un biscuit apéritif. »

La jeune femme déglutit et se tourna de

l'autre côté, le regard épouvanté. Elle rampa discrètement un peu plus loin, et tenta de s'assoupir.

Hébus adressa un clin d'œil à Lanfeust, qui riait silencieusement.

Le jeune homme écrasa une bûche ou deux pour atténuer les flammes, et se prépara également à s'endormir. Il retira ses bottes, roula en boule une couverture sous sa tête, et jeta un dernier regard à la splendide voûte étoilée. Il ferma les yeux. Tandis que le sommeil le gagnait, il songea que la compagnie de ce monstre risquait de s'avérer fort intéressante, finalement. Puis il plongea dans les ténèbres. Quelques minutes plus tard, le feu n'était pas seul à ronfler.

chapitre 12

Promenons-nous dans les bois...

« Quatre mille trois cent vingt minutes dans la nature ! songeait Cixi. La vraie nature, cet endroit horrible plein de plantes vertes et de bon air. Ce truc sans villes, sans tavernes, sans merceries, sans matelas de plumes et sans rideaux ! Quatre mille trois cent vingt minutes à affronter les ronces perfides, à se tordre les chevilles sur les chemins boueux, à supporter les effluves musqués d'un troll ! Parce que l'odeur du troll, on en parle souvent. Il y a des histoires là-dessus, des blagues qui courent et tout. Mais si on ne l'a pas reniflé de près, le troll, on ne sait pas. On ne peut pas savoir. » Telles étaient les pensées qui s'agitaient sous la brune chevelure de Cixi en arrivant à sa quatre mille trois cent vingtième minute de calvaire.

Depuis que la petite troupe avait quitté les abords sereins de la rivière, trois jours plus tôt, la jeune femme ne cessait de pester. Comme cela ne semblait pas suffire, elle employait maintenant la tactique du zombi : elle marchait en arrière, traînait les pieds et répétait inlassablement d'une voix morne : « Dis papa, c'est encore loin Jaclare ? »

Au début, chacun tenta de l'égayer. Hébus osa même quelques plaisanteries galantes à propos de la fragilité de son postérieur, apparemment sensible au moindre chardon. Cixi se reposait à ce moment-là sur le perron d'une cabane en ruine au bord du chemin. Furieuse, elle fouilla quelques instants dans les décombres de la masure, avant de ressortir armée d'un vieux volet moussu. Elle poussa un cri de triomphe et se mit à poursuivre le troll en essayant de le frapper à grands coups de persiennes verdâtres. Ce numéro fit beaucoup rire ses compagnons. Notamment lorsque Hébus, protégé par sa peau épaisse, ne se donna même plus la peine de parer les assauts.

La jeune femme vexée se mit à bouder. Rien ne pouvait la réconforter. Le reste de ses amis cessa de lui parler et se tourna vers les joies de la promenade champêtre, au cœur de la végétation exubérante des Monts Sombres.

En dépit d'une détestable réputation, la région était sans doute l'une des plus belles provinces de Troy. De petits sentiers bucoliques serpentaient d'un vallon à l'autre. Partout la nature respirait l'apaisement et la pureté. Après les tragiques événements de ces derniers jours, la petite troupe profitait enfin d'instants sereins.

D'ailleurs, Nicolède ne s'y trompait pas. Avec l'enthousiasme d'un enfant émerveillé, il s'arrêtait sans cesse, écoutant, observant la moindre plante, le moindre insecte. Il couvrait des pages entières de notes et de croquis destinés à compléter au retour les encyclopédies qui dormaient dans sa tour.

C'Ian se laissait enivrer par les charmes romantiques de cette balade en forêt. L'ambiance était si agréable qu'elle pardonnait même la muflerie de son fiancé. Car Lanfeust préférait les joies plus masculines de son amitié naissante avec Hébus. Le jeune homme disparaissait souvent de longues heures en compagnie du troll. Officiellement, il s'initiait à la chasse afin de ramener quelque chose à dîner. En réalité les deux compères s'installaient au soleil sur une roche plate. Pour discuter de choses aussi essentielles que la qualité de la fermentation de l'orge, la meilleure façon de fendre la tête d'un dragon à crête, ou les mystères de la gent féminine.

« Finalement, les trolles ne sont pas très différentes des humaines, se plaisaient-ils souvent à conclure.

— Un peu plus poilues, peut-être, ajoutait Lanfeust.

— Oui, et avec un peu plus de mouches, renchérissait Hébus.

— Oh, glissait Lanfeust, ça, ça dépend lesquelles ! J'ai connu quelques damoiselles fort mouchues ! »

Et tous deux éclataient d'un rire complice.

Le troll s'avérait être un compagnon précieux et surprenant. Il connaissait parfaitement les bois, et ses talents de pisteur garantissaient un repas toujours succulent.

En outre, pour ne rien gâcher, Hébus était doté d'un solide sens de l'humour. Lorsqu'ils ne lézardaient pas, Lanfeust et lui passaient leur temps à rire et titiller les filles. Ils les surprenaient en train de se baigner, chipaient leurs vêtements ou leur jouaient des tours pendables. Ce qui ne manquait pas de leur faire pousser toutes sortes de petits cris aigus.

Les seuls véritables défauts du troll étaient

le vrombissement permanent de ses fidèles mouches et son odeur entêtante. Un inconvénient qui poussait Cixi à l'asperger discrètement de parfum dès qu'il passait à sa portée, mais en vain.

Progressant d'un bon pas, la petite troupe avait ainsi traversé les Monts Sombres sans aucune anicroche. Jaclare ne se trouvait plus qu'à quelques heures de marche...

« Dis papa, c'est encore loin ? répéta une fois de plus Cixi les yeux révulsés et le teint blême, mimant l'évanouissement.

— On vient de te le dire : il n'y en a plus que pour quelques heures à peine...

— Comment ça, *à peine* ? s'indigna la jeune femme. Cette fois c'en est trop. Je refuse de faire un pas de plus. »

Elle se laissa tomber sur un épais tapis de mousse. Croisant les jambes, elle prit sa tête à deux mains et se figea dans une moue boudeuse.

« C'est bon, on a compris, soupira Nicolède, on va faire une petite pause. Regardez, dit-il en désignant un majestueux pin-berceau aux aiguilles d'un bleu profond, allons nous installer là-bas, nous y serons bien. Allez, Cixi, viens, ne reste pas plantée au milieu du chemin.

— Nan, nan et nan, marmonna-t-elle entre ses dents.

— C'est comme tu veux, ma fille, mais sache que tu es assise sur une fourmilière et que ses occupantes ne vont pas tarder à s'intéresser à la partie la plus charnue de ton anatomie.

— Hiiii ! » fit-elle en rejoignant le groupe d'un bond.

Nicolède et C'Ian avaient déjà gagné l'ombre rassurante de l'arbre. L'énorme tronc du pin-berceau formait une niche accueillante autour de laquelle ses branches se refermaient en un geste protecteur. Lanfeust s'agenouilla près de sa fiancée et l'aida à s'étendre sur une couverture de fortune. Sans dire un mot, Cixi passa devant tout le monde et alla se lover au creux de l'arbre.

Lanfeust sortit une pomme sauvage et la croqua à pleines dents.

« Dites, maître Nicolède, vous ne prétendiez pas que ces montagnes étaient infestées de coupe-jarrets ?

— C'est pourtant ce qu'affirmaient les cartes. Je suis aussi surpris que toi de n'avoir vu aucun de ces *Sans-Magie*... »

Hébus, qui se tenait à l'écart, se fendit d'un large sourire.

« Huk, Huk, Huk ! gloussa-t-il. Détrompez-vous, nous avons croisé exactement deux cent soixante-treize malandrins, dont quatre nains et un manchot aveugle. Et je ne tiens même pas compte des traces grossières laissées par le dracosaure d'un certain chevalier des Baronnies de ma connaissance.

— Pardon ? s'étonna Lanfeust.

— La racaille n'a pas cessé de nous observer. Mais ils considèrent que cela porte malheur de s'attaquer à un troll. Ou alors il faut l'avoir du premier coup. Huk, Huk, Huk !

— Tu sais, Hébus, ajouta Lanfeust, on t'aime bien... Mais si tu pouvais changer de rire, ça nous ferait plaisir. Ça n'est pas qu'il soit vulgaire ou désagréable, c'est qu'il est vraiment très... très...

— Animal, compléta Cixi.

— Oui, c'est ça, renchérit Lanfeust. C'est exactement comme le rire de l'ogre, dans l'histoire du darshanide qui grimpe sur un haricot géant jusqu'au château dans les nuages ! Ma grand-mère me la racontait tout le temps, quand j'étais petit. Ça me filait une de ces trouilles...

— Moi aussi je détestais cette histoire, répondit Hébus. L'idée d'un légume géant ! Beark ! Quelle horreur ! J'ai toujours trouvé les légumes absolument répugnants. Comme l'eau, quoi ! Brrr ! »

Le troll grimaçant secoua son échine. Un peu plus haut, dans l'ombre d'un bosquet, un archer banda son arc.

Fermant un œil, le brigand riva son regard entre les omoplates du monstre. Il attendait que celui-ci s'immobilise enfin. L'homme était le meilleur archer que la région ait jamais connu. Hélas, un désagréable concours de circonstances, connu sous le nom de « pas-de-bol-aux-dés », l'avait amené à perdre son travail, sa femme, ses amis et son honneur. Il avait donc opté pour une vie de proscrit et avait rejoint une de ces bandes de malandrins qui écument les grands chemins. Malheureusement pour lui, le jeu de dés était aussi très répandu dans le monde des malhonnêtes gens, et le soir au bivouac, ses camarades d'embuscade lui raflaient souvent sa part de butin. Cette fois, il tenait une chance de se refaire. Abattre un troll, c'était quelque chose. Il réclamerait la peau de la bête, il en tirerait une belle somme. Il sentait déjà les pièces d'or tressauter dans sa poche... Pour le moment, il respirait lentement, accordant le rythme de son souffle à celui de sa cible. Il ajusta une dernière fois la tension de la corde. Dans son dos, deux autres flèches attendaient leur tour. Le troll était enfin immobile. Un ultime soupir et... Maintenant !

L'archer lâcha la corde.

La première flèche fusa dans un vrombissement. Moins d'une seconde plus tard, la seconde était partie. Puis la troisième. L'archer était précis et rapide.

La volée troua le feuillage, longea les branches et surgit du bosquet. Les trois flèches, parfaitement équilibrées, s'alignèrent dans la lueur du soleil. Trois éclats de mort qui survolaient la clairière dans un souffle de vent. Quelques mètres encore. Et...

« Attention ! » hurla Cixi en apercevant les traits du coin de l'œil.

Hébus voulut se retourner. Trop tard. Les trois flèches traversèrent simultanément son cuir épais. Du sang jaillit avec un glougloutement écœurant.

« Gottferdom ! Je suis touché ! » mugit Hébus dans un râle monstrueux.

Il chancelait sur ses jambes, le visage tordu par un rictus de douleur. Malgré ses blessures, il tentait de rester debout. Il se tourna vers Lanfeust, fit quelques pas et s'écroula lourdement aux pieds du jeune homme. Il grattait la terre, essayant vainement d'atteindre les traits plantés dans son dos. Sa respiration devint haletante.

« Adieu, mes amis ! Arrhhh je me meurs... », murmura-t-il dans un souffle, les yeux vitreux.

Les mouvements de sa cage thoracique s'étiolèrent, et il ne bougea plus.

Un silence dramatique s'abattit sur le groupe.

L'archer se promit que cet or-là, il ne le jouerait pas. Enfin, pas tout.

chapitre 13

Petit massacre entre amis

Lanfeust fut le premier à réagir. En un éclair il avait bondi, l'épée à la main. Il évita de regarder le corps inanimé du troll, tentant de deviner d'où venait le danger. Rien ne bougeait.

Nicolède s'était saisi de sa précieuse sacoche d'une main, et de C'Ian de l'autre. Ils rejoignirent Cixi, blottie contre le bois protecteur de l'arbre. La nature elle-même retenait son souffle. On n'entendait plus que la respiration nerveuse de Lanfeust.

« Montrez-vous, lâches ! hurla le jeune homme, scrutant chaque fourré devant lui. Venez m'affronter face à face ! J'ai là quelques pouces d'acier qui meurent d'envie d'empaler un cœur ou deux. »

Un bruit fit sursauter Lanfeust. À quelques coudées de lui, un gros buisson venait de ricaner. Puis de nouveau le silence. Les nerfs à fleur de peau, il se mit en garde. Un autre massif gloussa à sa gauche. En un éclair, le jeune homme avait pivoté. Silence encore. Une nouvelle salve moqueuse fusa à sa droite, ricocha quelques mètres plus loin, s'amplifiant, grossissant. Lanfeust tentait de faire face à chaque fois. Mais il dut se résigner : la forêt tout entière se moquait de ce jeune présomptueux qui la menaçait.

« Lanfeust, attention ! » l'avertit Nicolède.

Le sage referma ses bras sur ses deux filles pour tenter de les protéger. Écrasant fleurs et insectes, broyant feuilles et branchages, une cinquantaine de brigands, tire-laine et coupe-jarrets surgissaient du sous-bois. Leurs visages étaient couturés de cicatrices. Certains empestaient l'alcool de contrebande. Ils encerclèrent le petit groupe en quelques secondes. Sur leurs figures se peignait un sourire mauvais.

« C'est nous que tu traites de lâches ? déclara l'un d'entre eux en s'avançant.

— Tu dirais pas ça si qu'on serait plus nombreux ! cracha un petit sans dents.

— Mais on *est* plus nombreux ! intervint un troisième.

— Ouais mais bon, moi j'me comprends..., maugréa le petit.

— Soyez pas grossiers les gars, vous faites peur à ce garçon ! » reprit le premier en montrant Lanfeust d'un mouvement de tête.

Le ruffian, vêtu d'un simple pagne de lin ouvert sur son thorax velu, était bardé de ceinturons de cuir. Une multitude de couteaux y étaient glissés ou pendaient au bout de chaînes cliquetantes. Il faisait jouer les muscles de son corps athlétique à chaque pas. L'homme se planta devant l'apprenti forgeron et releva le bord de son chapeau tressé, dévoilant un visage buriné et d'épaisses moustaches tombantes. Son aspect rappelait à Lanfeust ces vieilles histoires de hors-la-loi, où le méchant vous offre poliment un coup à boire avant de vous étrangler avec le lacet de sa chaussure...

« Alors, étranger, tu t'es perdu ? fit le brigand. Ça tombe mal, je crois que ton guide troll vient tout juste de trépasser. »

Il donna un coup de pied dans le cadavre d'Hébus.

« Quelle tragédie, n'est-ce pas ? Vous voici abandonnés, seuls, dans cette forêt hostile. Mais je veux t'aider. Ouvre bien tes oreilles, voici un précieux renseignement : il paraît que ces bois sont infestés d'horribles individus ! »

Les rires gras fusèrent.

Lanfeust ne bougea pas, figé dans une attitude de défi.

Le moustachu dirigea son regard vers le groupe réfugié au creux du pin-berceau.

« Oh ! Oh ! Jolis brins de filles », fit-il en caressant les poignards à sa ceinture.

Les yeux chargés de haine, Lanfeust resserra la prise de sa garde. Il déplaça légèrement son centre de gravité, prêt à bondir.

« Il faudra d'abord me passer sur le corps ! déclara-t-il d'une voix profonde.

— Ça peut se faire aussi mon mignon », répondirent les brigands en chœur.

L'homme à la moustache vrilla son regard dans celui de Lanfeust. D'un mouvement vif, il tira deux énormes poignards et se mit à les faire tournoyer à grande vitesse. L'air vibrait, lacéré par la danse mortelle des lames. Une goutte de sueur perla sur la tempe du bandit. Son visage se déformait en un rictus malfaisant.

Lanfeust semblait fasciné. La sarabande de métal s'accéléra, de plus en plus vite. Son adversaire était en transe. Dans quelques secondes, il abattrait sur le jeune homme une tornade dévastatrice.

Lanfeust se concentra sur la valse des lames, étudiant leur rythme. Il reculait doucement, laissant son adversaire prendre encore plus de confiance. Intérieurement, le jeune homme remerciait maître Gramblot pour ses leçons. En effet, le vieux forgeron avait toujours expliqué qu'on ne peut pas façonner de bonnes armes si on en ignore l'utilisation. Aussi contraignait-il tous ses apprentis à plusieurs heures d'entraînement hebdomadaire. Épée, sabre, glaive, dague, aucune arme blanche n'était inconnue à Lanfeust. Et s'il n'avait pas la pratique d'un vrai guerrier, son agilité naturelle faisait de lui un adversaire qu'il ne fallait pas sous-estimer.

Brusquement Lanfeust se fendit : un pas en avant, une parade. Il tourna sur lui-même et se baissa, transperçant la garde de son ennemi. Puis il se redressa et lui porta un coup d'estoc en plein cœur. Le bandit se figea, embroché.

« Khaar Hamba ! » eut-il à peine le temps d'ajouter.

Lanfeust fit un saut en arrière, retirant son épée luisante de sang. Le corps sans vie s'abattit, poisseux d'hémoglobine, devant les bottes du jeune homme.

Un vent glacé de stupéfaction souffla parmi la troupe des *Sans-Magie*. Ils hésitaient maintenant, refroidis par l'exécution de leur camarade. On a beau être une canaille sans foi ni loi, on n'en est pas moins homme ! Enfin en gros, on a surtout envie de le rester : cadavre n'est pas un métier d'avenir. La perspective d'affronter un adversaire coriace n'enchantait personne.

L'archer allait intervenir : il savait d'expérience qu'une flèche bien placée entre les deux yeux résout bien des problèmes. Mais avant qu'il ait pu bouger, un géant hirsute bouscula ses compagnons de pillage et s'avança :

« Laissez-le-moi, les gars ! beugla-t-il en exhibant une formidable hache. Son crâne ornera bientôt l'entrée de ma hutte. »

Il se campa à son tour devant Lanfeust. Levant la tête, le jeune homme détailla son nouvel adversaire : plus de trois cents livres de muscles, l'assurance d'un dracosaure en train de charger, et une arme dont le seul poids l'aurait fait trébucher. En gros, un troll sans les poils. Mais avec les mouches.

Les forces en présence semblaient très légèrement déséquilibrées.

L'apprenti forgeron sentit un filet de sueur inonder son dos. Il cherchait une faille dans la machine à tuer qui le surplombait de deux têtes. En vain.

« Oublie la peur, et réfléchis. Il doit bien y avoir un moyen », songeait-il en fixant l'éclat sinistre que lui renvoyait la hache. Une arme impressionnante forgée d'une seule trempe dans le meilleur métal, de la garde au tranchant.

« En métal ? » Il sourit à l'idée qui venait de germer dans son esprit. Lanfeust, soudain rasséréné, se planta solidement sur ses jambes :

« Viens donc, gros tas ! J'ai une petite surprise qui t'attend !

— Tais-toi, et meurs ! » fit le géant.

Il leva le tranchant de sa hache pour fendre Lanfeust comme une vulgaire souche morte. Mais le jeune homme restait étrangement immobile. Il se concentrait, son regard rivé au manche de l'arme. Sa chevelure rousse s'éleva, tandis que la magie affluait en lui.

« WAAAARGGHH !!! » hurla le géant en se tenant les mains.

Il lâcha sa hache portée au rouge et s'agenouilla pour souffler sur ses paumes brûlées.

« Voilà ce qui arrive lorsque l'on s'attaque à un forgeron ! » cria Lanfeust en se précipitant sur son adversaire.

Il détendit sa jambe droite, s'éleva un bref instant, et retomba en abattant le pommeau de son épée sur le crâne du géant. Il y eut un gros craquement. L'homme écarquilla les yeux sans comprendre, puis s'effondra dans un bruit sourd. Non seulement il venait de cesser d'être bête, mais en plus il venait de cesser d'être tout court.

« Et de deux ! fanfaronna Lanfeust. Au suivant ! »

Impressionnés par les exploits du jeune homme, les brigands reculèrent. C'Ian et Cixi, elles, se repoussaient mutuellement afin d'apercevoir le héros dans ses œuvres.

« Nom d'une pucelle borgne ! On ne va pas y passer la nuit, tonna une voix profonde, en retrait derrière les brigands. Allez, ça suffit comme ça maintenant. Massacrez-moi ce jeune coq ! »

Mais en guise de réponse, les malandrins fixaient leurs chausses, détournaient le regard ou sifflotaient d'un air léger, comme s'ils n'avaient rien entendu. L'archer sut que cette fois, c'était le moment de se placer. Il allait intervenir lorsque la voix reprit :

« Bon, d'accord ! Le premier qui m'abat ce furieux pourra choisir la fille qu'il veut. Les autres devront se partager le vieux ou le cadavre du troll.

— À l'assaut ! » hurlèrent les bandits, noyant de leurs exclamations enthousiastes les bredouillements de l'archer.

Tous se ruèrent sur Lanfeust dans un même élan. Le jeune homme recula de quelques pas, utilisant les branches de l'arbre pour protéger ses flancs. S'il parvenait à conserver cette position, il n'aurait à affronter que trois adversaires de front au maximum.

Nicolède et les deux filles se tenaient à l'abri des racines du gros arbre. Le vieux sage farfouillait dans sa musette, à la recherche de quelque chose d'utile. Hélas ! les malandrins ne seraient sensibles ni à des livres, ni à un vieux morceau de fromage sec. Le seul bon côté de la situation, c'est que Cixi avait arrêté de se plaindre. Elle avait agrippé une grosse pierre et se tenait prête à défoncer le crâne du premier qui s'approcherait.

Les brigands se battaient sans ordre ni tactique. Lanfeust, lui, développait des trésors d'ingéniosité. Prenant appui sur une racine, il s'éleva d'un bond et tournoya. Son épée siffla dans les airs. La lame décrivit une spirale mortelle. Lorsqu'il retomba sur le sol, ce fut en même temps que les têtes décapitées de deux adversaires. Il fit un saut en arrière. Une hallebarde venait d'érafler son flanc. Le brigand marqua une seconde d'hésitation. Lanfeust bloqua la hampe et trancha sa main.

Couvert de sang, le jeune homme se déchaînait. Il feintait, parait pour mieux contre-attaquer, frappant, transperçant chairs et armures. Des hurlements de douleur s'élevaient de toutes parts. Il tournoyait, sautait, distribuant la mort à chacun de ses gestes. À ses pieds, six adversaires agonisaient, répandant leur vie en flaques écarlates sur le sol.

Plus haut, l'archer s'était saisi d'une nouvelle flèche. Plus personne ne faisait attention à lui, mais il se sentait capable d'atteindre sa cible malgré la mêlée. Si on ne jouait pas aux dés, il était le meilleur. Il banda son arc, mais une main puissante se posa sur son épaule. L'archer hocha la tête d'un mouvement interrogateur :

« Je l'abats ?

— Laisse, répondit la voix caverneuse qui commandait la troupe de brigands. J'ai envie de me dérouiller les articulations. Sonne l'arrêt des combats que je puisse donner une leçon à ce jeune impétueux. »

Lanfeust se démenait comme un beau diable, sectionnant, découpant ses adversaires. Soudain, un cor retentit. La mêlée se figea. Les malandrins se retirèrent à distance respectueuse.

Un silence pesant s'abattit de nouveau sur le champ de bataille. Hors d'haleine, Lanfeust tentait de reprendre son souffle. Sans lâcher son épée, il vérifiait d'une main anxieuse l'absence de blessure grave sur son corps. En dehors de quelques estafilades, il était miraculeusement sauf.

Un mouvement agita la troupe devant lui. Les brigands s'écartaient, aménageant un passage dans leurs rangs. Le sol tremblait légèrement. Des pas puissants, bottés et ferrés. Un bruit de chaînes. Leur chef soignait son entrée.

L'homme était impressionnant : six pieds de haut, une mâchoire carrée aux dents limées en pointes. Son torse était enserré dans une cotte de maille tissée de lourds chaînons. Il posa son regard froid sur Lanfeust et tira un énorme cimeterre. L'autre main portait un gant de cuir orné de quatre griffes métalliques acérées. Lanfeust ravala sa salive tandis que l'ombre de son adversaire le recouvrait entièrement.

« Alors, maraud, on massacre mes hommes ? lança le coupe-jarret d'une voix profonde. Ton courage n'a d'égal que ta fureur au combat. J'aime cela. C'est pourquoi ta mort sera rapide. »

Le temps d'un souffle et l'homme fut sur Lanfeust. Ce dernier, surpris, tenta d'esquiver. Il se jeta au sol. Mais les griffes mordirent son flanc.

« Lanfeust ! » cria C'Ian.

Une tâche rouge s'épanouit sur la chemise

blanche du jeune homme tandis qu'il se relevait. Il passa sa main sur la blessure.

« Ce n'est rien », se dit-il.

Il avisa une branche au-dessus de lui. L'homme l'observait, attendant que sa proie tente quelque chose. Lanfeust s'élança. D'une main il agrippa la branche. S'y suspendit. Puis se lâcha, envoyant ses pieds en direction du visage ennemi. Celui-ci s'écarta et abattit son sabre au passage. Lanfeust échoua dans la poussière, désarmé par le coup puissant qui avait frappé son épée.

« Ton petit jeu est terminé ! » déclara l'homme en ricanant.

Les brigands se rapprochèrent. Certains observaient les filles et gloussaient déjà. Ils passaient leur grosse langue sur leurs lèvres grasses.

« Haaaahhhh ! Le troll ! cria quelqu'un.

— Ça y est ? Ils sont tous là ? demanda Hébus en se redressant. Alors à moi de jouer ! »

À la stupéfaction générale, le troll se tenait debout, juste derrière les rangs des brigands. Les filles et Lanfeust laissèrent échapper un cri de joie :

« Hébus ! Tu es vivant !

— Moi oui, mais eux ils sont morts ! »

Dominant de toute sa puissance la horde figée de stupéfaction, le monstre leva son énorme masse cloutée. Et frappa.

La tête du chef explosa dans une gerbe de sang.

D'une pirouette, Hébus se retourna face à ses deux adversaires les plus proches. L'un d'eux tenta de lui asséner un coup d'épée. Hébus lui attrapa le bras et l'arracha d'un coup sec. L'autre était l'archer qui l'avait atteint. Le troll abattit une nouvelle fois sa masse, et réduisit la taille de l'archer des deux tiers. Finalement, il n'y avait pas qu'aux dés qu'il manquait de pot.

Puis le troll se jeta dans la mêlée. Il déchirait les chairs à pleines dents, broyant les os et les armures tout en riant aux éclats. Disséquer les corps à mains nues semblait beaucoup l'amuser. Ses adversaires étaient pétrifiés d'horreur.

Lanfeust, un instant surpris par la résurrection de son ami, avait repris le combat. Il se plaça dos à dos avec le troll. Ainsi protégé, il pouvait multiplier moulinets et feintes mortelles.

En quelques minutes, tout fut terminé. Il ne restait plus rien de vivant. Seuls Lanfeust et Hébus, dégoulinant d'hémoglobine, émer-

geaient du champ de cadavres. Le troll se léchait les doigts d'un air gourmand.

Haut dans le ciel, un rapace doté de quatre ailes et d'un long bec dentelé décrivait des cercles au-dessus du carnage. Il émit un croassement de satisfaction.

Lanfeust frissonna, il reprenait vraiment conscience de la réalité des choses. Il était abasourdi par l'horreur qu'il contemplait. Non seulement il avait tué aujourd'hui son premier homme, mais aussi le deuxième, le troisième, le quatrième et un paquet d'autres. C'Ian s'approcha de l'apprenti forgeron et plaça avec douceur une main sur son épaule. Elle ne dit rien, se contentant de la présence du jeune homme. Il était en vie.

Cixi aidait son père à rassembler les quelques affaires abandonnées avant le combat. Chacun semblait ébranlé par la fureur de ces derniers instants.

Ce fut Hébus qui ramena tout le monde sur le plancher des gramoches. Son rire inimitable brisa le silence pesant qui s'était à nouveau installé.

« Huk ! Huk ! Tu ne te défends pas mal, rouquin... pour un homme bien sûr ! déclara-t-il en assénant une bourrade virile dans le dos de Lanfeust qui s'agenouilla sous le coup.

— Hé, doucement ! » fit le garçon en cherchant à reprendre sa respiration.

Une tornade vêtue de rouge se jeta sur le troll et le cribla de petits coups de poing :

« Monstre répugnant ! hurla Cixi en tambourinant sur le torse puissant d'Hébus, pourquoi avoir joué cette comédie ?

— Si je n'avais pas fait semblant d'être mort, ils nous auraient arrosés de centaines de flèches jusqu'à ce que plus rien ne bouge », répondit le troll d'un air amusé.

Il désigna les trois pointes fichées dans son dos.

« À ce propos, douce Cixi, auriez-vous l'obligeance de m'ôter ces cure-dents ? Ça me gratte. »

La jeune fille s'arc-bouta dans le dos du monstre et tira de toutes ses forces sur l'empennage. La première flèche, barbelée, vint avec pas mal de viande déchiquetée, les deux autres glissèrent plus facilement. Hébus sembla à peine s'en apercevoir.

« Nous ne devrions pas nous attarder ici, glissa Lanfeust.

— Tout à fait, ne traînons pas, confirma Nicolède. Nous ignorons si d'autres dangers se tapissent encore dans ces bois. Nous serons bientôt en sécurité au port de Jaclare. De là, nous pourrons embarquer pour Eckmül. Si tout se déroule bien, nous serons devant les sages dans moins de trois semaines...

— Eckmül ?!? s'exclama Cixi. Mais après tout ça je croyais qu'on allait rentrer, moi ! Combien de fois faudra-t-il risquer notre vie avant qu'on se décide à faire demi-tour !

— Je suis sûr qu'Eckmül te plaira beaucoup », répondit diplomatiquement son père.

Quelques instants plus tard, la petite troupe s'était reformée, reprenant son chemin d'un pas leste. Cixi, légèrement en retrait, fulminait toujours. Hébus empestait tout autant. Lanfeust souriait. L'aventure continuait...

chapitre 14

Ombres sur Jaclare

L'après-midi était déjà bien avancée lorsque Lanfeust et ses compagnons atteignirent la région de Jaclare, sur la côte de la Mer du Ponant. Ils avaient laissé derrière eux les derniers contreforts rocailleux des montagnes et chaque pas les rapprochait un peu plus de la moiteur salée de l'océan.

Les cartes de maître Nicolède les avaient conduits sur un ancien chemin forestier qu'ils s'appliquaient à suivre depuis une bonne heure. Le sentier décrivait des lacets paresseux entre les troncs d'énormes pins géants. L'air était parfumé d'iode et d'une douce odeur de sève. Les brindilles craquaient sous les bottes, formant un tapis moelleux.

Cixi, qui marchait en tête, aperçut un écureuil assis au milieu du chemin. L'animal grignotait tranquillement une pomme de pin. Il leva un œil rond et avisa la jeune femme. Non, elle ne ressemblait pas à une noisette. L'écureuil choisit de s'enfuir avec son dîner.

« Mmwaaww... On ne pourrait pas s'arrêter ici ? bâilla Cixi. Je suis littéralement morte de faim. Ce serait amusant de pique-niquer, non ?

— Je viens justement de repérer des amuse-gueule », dit Hébus en désignant l'écureuil qui avait rejoint un groupe de ses semblables au sommet d'un arbre.

Lanfeust ne répondait pas. Il scrutait les tâches d'ombre au milieu de la verdure. Depuis l'épisode tragique du matin il guettait sans cesse la présence de nouveaux brigands. Pourtant la chaleur et le chant des cigales invitaient au farniente. Chacun se sentait bien. Ils auraient presque pu se croire à Glinin par une paisible après-midi d'été.

À travers les arbres, le jeune homme distingua une lointaine trouée bleutée : des vagues qui scintillaient et dansaient sous le soleil.

« La pause devra attendre, dit-il. Nous avons presque atteint la côte. Ne t'inquiète pas pour ton estomac, Cixi. Tu pourras te restaurer dès que nous serons en sécurité derrière les murs de Jaclare. »

La jeune femme marmonna un juron à voix basse. Les autres compagnons sourirent : Cixi ne ratait jamais une occasion de proférer quelques gros mots.

Pas un instant ils n'eurent l'idée de lever le nez et de regarder en l'air. Sinon, ils auraient aperçu deux ombres larges et inquiétantes qui venaient d'émerger des nuages à leur verticale. Les silhouettes décrivirent des arcs de cercle de plus en plus bas, puis fondirent droit dans leur direction...

« Yeepee ! C'est vraiment chouette d'être dragonnier ! »

L'homme qui avait parlé se tourna vers son compagnon qui volait à quelques coudées de lui, aile contre aile. Planant à une centaine de toises dans le ciel de Troy, les deux guetteurs chevauchaient de majestueux dragons portés par les alizés. Leurs bêtes étaient de terribles monstres pour qui ne savait les manier. Gigantesques serpents ailés, ils ne disposaient ni de pattes ni de griffes, mais leurs crocs étaient inquiétants.

« Du calme, Ebarth. Tes cris vont affoler ta monture. On est ici pour un travail précis, je te rappelle. Essaye plutôt de repérer ces fameuses bandes de brigands.

— Khast, quel rabat-joie tu fais ! Ça

n'empêche pas de nous amuser, non ? Regarde en bas : les tâches sombres que l'on aperçoit, c'est la toile des tentes noires de notre enclos à dragons, au milieu de Jaclare. Chiche de faire une descente en piqué et d'affoler tout le monde ? »

Khast ignora cette idée saugrenue et se contenta de rajuster son élégant béret vert : l'insigne de sa charge de capitaine dragonnier de Jaclare. Le dragonnier Khast. Son geste était sans ambiguïté. Il rappelait clairement à Ebarth que lui ne portait que l'écusson rouge des écuyers.

Au lieu de se montrer impressionné, ce dernier arbora une mine goguenarde. Il savait que, bientôt, lui aussi serait admis dans le cercle très fermé des hommes volants. Il serait alors le dragonnier Ebarth. Il plaça une main en coupe devant sa bouche et déclara sur un ton militaire :

« Allô ! Allô ! ici Leader Rouge, j'appelle Leader Vert, je plonge vers les toiles noires... »

Il ponctua d'une petite musique martiale : ta ta tsan ta tatsan ta tastan...

« Eh ! C'est pas bientôt fini, ces âneries ?! (Khast pointa son doigt vers la forêt.) Va plutôt y jeter un œil. C'est là qu'on a signalé les bandes, ces jours-ci.

— Ça va, ça va, grogna Ebarth. Si on ne peut plus rigoler... »

Il écarta les rênes de son dragon pour le faire virer de trajectoire, et partit à grands coups d'ailes vers la pinède.

Après un ultime détour, le sentier émergeait du sous-bois. Dans la lumière crue du soleil, il se transformait en chemin de terre bordé de buissons de lavande. Les compagnons marquèrent une halte pour contempler le paysage côtier. Leur regard pouvait dévaler les pentes des collines abruptes jusqu'aux plages de galets blancs et embrasser l'horizon. Au-delà, l'écume des vagues naissait et mourrait dans un perpétuel ralenti, jusqu'à se fondre avec le ciel scintillant.

Hébus masqua le soleil avec sa main et tenta d'apercevoir une autre rive dans le lointain.

« Gottferdom ! C'est le plus grand lac que j'aie jamais vu !

— Ce n'est pas un lac, répondit Nicolède en riant. C'est la Mer du Ponant. Tu ne risques pas d'en voir le bout.

— De toute façon, les histoires de flotte, j'ai horreur de ça, grommela le troll. Salée ou pas, l'eau, ça reste de l'eau. Ça mouille et ça lave : c'est obscène. »

C'Ian éclata d'un rire cristallin et glissa un regard en coin à Lanfeust :

« On croirait entendre les garçons du village ! C'est donc si désagréable de sentir bon ? »

Lanfeust rougit jusqu'aux oreilles et se mit à bredouiller :

« Si c'est pour moi que tu dis ça, euh... je prends des bains, maintenant, hein ! Enfin surtout depuis qu'on se fréquente, bien sûr, mais... »

Sentant qu'il s'embourbait, il chercha un soutien autour de lui et interpella la première personne qui lui vint à l'esprit :

« Pas vrai que je prends des bains, Cixi ? Dis lui, toi ! Puisque tu as tout vu ! »

Un volatile qui passait à cet instant s'étonna du silence soudain qui venait de tomber sur cette partie de la forêt. Son instinct lui commanda de battre prudemment en retraite jusqu'à un autre bosquet.

« Lanfeuuust ? »

La voix de C'Ian était glaciale. Celle du garçon se résumait à un filet hésitant :

« Oui, ma chérie ?

— Tu viens bien de me dire, là, que ma sœur assiste à tes bains ?

— Ce n'est pas ce que tu crois ! Moi je ne voulais pas, c'est elle qui...

— Oui, mais tu y étais ?

— Bein oui puisque c'était mon bain.

— Et tu n'es pas parti, tu l'as laissée te regarder ?

— Bein non ! Enfin si ! C'est-à-dire que, si je m'étais levé, elle m'aurait encore plus regardé et... »

« SSBAAAF !!! »

La main de C'Ian avait fendu l'air si vite que personne n'avait vu son bras bouger. La marque de ses cinq doigts fins et délicats s'imprima profondément sur la joue de Lanfeust.

Le jeune homme mima une grimace, exagérant sa douleur. Il n'osait respirer, heureux de s'en être si bien sorti. Il était très mauvais menteur.

C'Ian avait pivoté d'un quart de tour afin de changer de cible. Elle fusillait maintenant sa sœur du regard. Cixi, maussade, s'intéressait soudain particulièrement au bout de ses chaussures.

Nicolède, sentant approcher l'un de ses orages dont les deux sœurs avaient le secret, dévia discrètement la conversation :

« Regardez ! Le port de Jaclare est juste à nos pieds, niché dans cette anse rocailleuse que l'on devine là-bas. Nous sommes bientôt arrivés ! » conclut-il gaiement.

Cixi retira ses chaussures et testa le sentier de terre du bout des pieds.

Elle s'élança sur le chemin en pente.

« Qu'est-ce qu'elle fait encore ? demanda C'Ian.

— Cixi, attends ! héla Lanfeust. Je n'ai pas encore inspecté les environs ! C'est peut-être dangereux ! »

Mais la jeune femme dévalait déjà le sentier.

« Yahou ! cria-t-elle. Le dernier arrivé aux portes de la ville est une vieille gramoche édentée ! »

Plus haut dans les airs, la monture d'Ebarth se mit à gronder. Un groupe de silhouettes venait d'émerger de la forêt quasiment sous ses naseaux.

« Par les vents ! fit le dragonnier. Rien n'arrête ces fripouilles ! En voilà encore une bande qui essaie de s'infiltrer. »

Il se tourna vers son capitaine et se mit à faire de grands gestes, désignant les intrus. La réponse de Khast tomba depuis les hauteurs :

« On va les coincer ! »

Le capitaine des guetteurs de Jaclare plaça son béret à l'envers sur sa tête et l'y arrima fermement. Puis il se pencha sur sa monture et piqua des deux éperons.

« Va mon dragon, haro sur ces soudards ! Allons chasser de nouvelles proies... »

Lanfeust et ses compagnons s'apprêtaient à héler une seconde fois Cixi, lorsque la jeune femme fut recouverte par une gigantesque ombre noire. Une bourrasque violente la jeta à terre.

Elle poussa un cri.

« Seigneur, qu'est-ce que c'est que *ça* ! s'égosilla C'Ian.

— Des dragons ! cria Lanfeust en se précipitant vers Cixi. Hébus, avec moi ! Les autres à couvert !

— Attendez ! Du calme, intervint Nicolède. Ils ne sont pas sauvages. Nous serions déjà morts. »

Les serpents se posèrent près d'eux, reposant dressés sur leur queue à demi enroulée. Le battement de leurs ailes déplaçait un souffle puissant qui emmêlait cheveux et vêtements. La poussière se soulevait par nuages entiers, forçant les compagnons à se protéger les yeux.

Les dragons rabattirent leurs ailes de cuir en un dernier claquement et le vent retomba brusquement. L'air s'éclaircit. Les contours massifs des deux monstres apparurent sous le voile de poussière, tandis qu'une forte odeur âcre emplissait l'atmosphère.

Les formidables créatures au thorax annelé, dotées d'un long cou plissé et d'une queue interminable, se tenaient dressées, tendues pour le combat. Leur extrémité caudale se redressait et fouettait l'air dans un vrombissement sinistre.

Lanfeust parcourut du regard les écailles striées de bleu et d'émeraude. L'affaire se présentait mal. Il n'apercevait pas la moindre faille dans ce caparaçon naturel qui luisait au soleil.

Il jaugea ses adversaires. Sur le mufle de chaque dragon était harnachée une nacelle de cuivre ouvragé, martelée de runes. L'arrière s'étirait en une selle fuselée tandis que l'avant, poli comme un miroir, se redressait pour former un bouclier aveuglant. Derrière chacune de ses véritables forteresses volantes s'abritait un dragonnier armé d'une longue lance.

« Ça ne va pas être évident, songea Lanfeust avec une grimace. En admettant que je parvienne à éviter les crocs de ces saletés, leur cavalier n'aurait qu'à pointer sa lance pour m'embrocher tel un loss qu'on veut mettre à rôtir. »

L'un des dragons se détendit brusquement vers Nicolède. Il darda une langue bifide dans un hideux sifflement.

Le dragonnier s'arc-bouta sur ses étriers et tira fermement sur les rênes.

« Arrière, Godzillong ! L'heure n'est pas encore venue de cracher ton suc... »

L'homme avait un visage buriné, barré d'une fière moustache rousse. Un béret vert était enfoncé à l'envers sur sa tête, d'une façon quelque peu ridicule si l'on considérait la gravité de la situation. Il s'adressa au groupe :

« Holà, marauds ! Je suis le capitaine dragonnier Khast. Et voici mon frère Ebarth. Sachez que vous êtes sur un territoire protégé, et nous sommes ses protecteurs. Un pas de plus et vous êtes morts.

— Ouais, il a raison mon grand frère, ajouta Ebarth. Retournez dans vos bois et vous aurez peut-être une chance ! Sauf si Khing-Kâa et Godzillong décident de vous poursuivre dans la forêt. Lorsqu'ils sont affamés, ils adorent tout ravager, les biquets, hé-hé-hé-hé ! »

Son rire caquetant découvrit une rangée de dents jaunies et de chicots fétides.

Lanfeust fit un pas en avant.

« Nous ne cherchons pas à nous battre. »

Il avait délibérément placé sa main sur la garde de son épée, mais l'avait laissée au fourreau. Il tourna la tête vers Nicolède et murmura entre ses dents :

« Ils n'ont pas l'air comme ceux de ce matin. Vous croyez que ce sont des brigands ?

— Je ne pense pas, répondit le sage. Je n'en ai jamais vu à dos de dragon. Ils ne disposent ni des dresseurs ni de la magie nécessaires pour maîtriser ce genre de créature. »

Le capitaine Khast rajusta fièrement son béret vert, et reprit sur un ton péremptoire :

« Les maraudeurs dans votre genre ne sont

pas les bienvenus sur le territoire de Jaclare. Rebroussez chemin, j'ai du mal à retenir mon fidèle destrier... »

Sa monture considérait le groupe avec appétit. Un filet de bave chargé d'acide gouttait du coin de sa gueule béante. Le dragon commença à s'approcher de Nicolède en se dandinant. Cette fois, son maître ne fit aucun effort pour le retenir.

Lanfeust s'interposa. Son épée avait jailli dans sa main.

« Rappelez votre animal, capitaine. Je ne vous le dirai pas deux fois. »

Hébus se plaça face au second dragon. Il commençait à faire osciller sa masse cloutée au bout de sa longue chaîne. Le sourire du troll s'était transformé en dangereux rictus.

Les belligérants contractèrent leurs muscles. Une tension extrême crispait chaque visage.

« Holà, que se passe-t-il ? intervint Nicolède. Par mes grimoires ! Les habitants de cette contrée ne seraient-ils plus des gens honnêtes et bienveillants ? Capitaine Khast, regardez, dit-il en désignant le sentier. Nous nous trouvons sur le chemin du port de Jaclare. Or, la charte d'Eckmül vous ordonne de protéger tout voyageur arrivant par la route, pour peu qu'il agisse de façon honnête et sans intention belliqueuse. Ce qui était notre cas avant votre assaut. »

Le dragonnier haussa un sourcil perplexe :

« Nos ordres sont...

— ... très clairs, coupa Nicolède, vous devez appliquer la loi d'Eckmül dans un périmètre d'au moins trois lieues autour de votre cité. À moins que l'on ne respecte plus la charte, par ici ? Ce qui serait très différent. Beaucoup plus grave, en fait... »

Le sage fit signe à Lanfeust et Hébus d'abaisser leurs armes, sans pour autant leur demander de les jeter à terre.

« Nous appliquons les lois de la cité du Conservatoire, répondit le capitaine Khast. Mais la charte ne dit rien sur ce genre de monstre. »

Les babines du troll se retroussèrent et il présenta son plus beau sourire, celui qui mettait si bien en valeur ses formidables rangées de crocs. Il ricana :

« Cher dragonnier, je sais me tenir en société. Mais si tu continues à insinuer des choses désagréables, je te claque le museau et je te grignote.

— Hébus, tu dois nous promettre de ne manger personne, exigea Nicolède.

— Même pas un petit morceau, pour goûter ?

— Rien ! Personne ! Pas la moindre chose qui ressemble, de près ou de loin, à un être humain !

— Rien d'humain ? Parfait ! Alors lui je peux ! C'est pas humain ça, un dragonnier avarié, hein ? Faudra peut-être une tranche ou deux de sa monture, pour faire passer le mauvais goût. Sous ses écailles, ce dragon a l'air tout tendre : ce doit être un mollasson, lui aussi. Huk ! Huk ! Huk !

— Tais-toi Hébus ! dit sèchement Nicolède. Heu, n'ayez aucune crainte, messieurs, notre troll plaisante. Il est enchanté.

— Enchanté ? s'ébahit Khast. Mais alors... vous devez être un sage d'Eckmül ? !

— Tiens donc ? fit Ebarth, suspicieux. Je demande à voir ça... »

L'écuyer défit sa boucle d'attache et sauta à bas du dragon. Il s'agenouilla, tendit les mains et se concentra. Ses cheveux rares et filasses s'élevèrent sur sa tête. Une coudée plus bas, dans les profondeurs de la tourbe, une graine germa. Le sol se fendilla et une gerbe de verdure apparue. La jeune pousse devint un tronc qui grimpa à une vitesse vertigineuse, forçant Ebarth à s'écarter. Branches et feuilles se déployaient en tous sens. Sous les yeux des compagnons ébahis, un superbe grublotier venait d'apparaître !

Hébus arracha une branche et happa les fruits d'un coup de dents.

« Mmiom, pas mal comme don, cha, dit-il entre deux bouchées. Vous savez faire pousser des pétaures farcis ? »

Mais l'écuyer dragonnier l'ignorait. Il avait entamé une danse enthousiaste :

« Yeepee ! s'exclamait-il. Je peux à nouveau exercer la magie !

— C'était donc vrai, reconnut le capitaine Khast, rayonnant. Nos pouvoirs sont revenus ! »

Il descendit de sa selle et vint à la rencontre de Nicolède.

« Dans mes bras ! dit-il en l'écrasant contre lui. Vous êtes celui que nous attendions !

— Comment ça... ? tenta d'articuler le sage. Vous nous attendiez ?

— Naturellement. Montez vite, tout le monde est impatient de vous voir. Nous devons annoncer la nouvelle.

— J'ai peur qu'il y ait une erreur... », reprit Nicolède.

Lanfeust lui assena une bourrade discrète entre les côtes. Il lui glissa à l'oreille :

« Pas un mot. Nous n'avons plus besoin de

combattre et vos filles sont sauves. Pour l'instant, c'est tout ce qui nous intéresse. »

Nicolède acquiesça du regard. La petite troupe monta sur le dos des dragons, et s'arrima aux sangles de sécurité.

« Il faut nous excuser pour tout à l'heure, dit Khast. Ebarth et moi sommes membres du clan des Wadhallas, qui administre Jaclare depuis des générations avec la réputation d'être un peu rustre. Dans cette région hostile, il faut savoir se faire de la place, sinon on vous marche sur les pieds. Le port est sans cesse l'objet de raids de brigands. Ils se montrent de plus en plus violents et téméraires. Évidemment, maintenant, les choses vont changer... »

Avant que Nicolède puisse demander pourquoi les choses allaient maintenant changer, le dragonnier donna l'ordre du départ et les deux serpents prirent leur envol. Au premier coup d'aile, Lanfeust eut l'impression que son estomac remontait brutalement vers son cerveau. Le dragon changea de cap, et le jeune homme de couleur.

« Ça remue, hein ? plaisanta Khast. C'est toujours comme ça la première fois. Tenez bien les sangles et ne regardez pas en bas. Au fait, si votre troll se sent mal, dites-lui de ne pas vomir sur Godzillong. Son suc gastrique est encore plus corrosif que celui de nos dragons.

— Vous avez aussi des trolls, par ici ? demanda Nicolède, qui se tenait cramponné et les yeux fermés.

— L'un d'eux a dévoré notre sage et son assistant il y a quelque temps, cria Khast entre deux bourrasques de vent. Il était un peu dans le même genre que votre ami. Sauf que l'autre parlait moins poliment. Depuis, nous n'avons plus de magie. Nous avons envoyé des messagers à Eckmül pour réclamer un remplaçant, sans obtenir la moindre nouvelle. Nous commencions à désespérer...

— Ne vous méprenez pas, nous sommes...

— Funéraill-HOC ! le coupa Lanfeust en évitant de justesse un haut-le-cœur. Chut, maître Nicolède, reprit-il plus bas. Ne dites rien pour le moment. Ces types comptent sur nous, et je ne suis pas sûr qu'ils soient du même genre qu'à Glinin. Le petit édenté, là, il a une drôle de façon de regarder Cixi. Si nous les laissons tomber, nous risquons de les décevoir et de nous mettre dans une situation délicate. Nous nous esquiverons dès que possible.

— Tu as raison, Lanfeust. Au fait, Hébus, dit Nicolède en se tournant vers le troll. Rassure-moi. À propos du sage et de son assistant, ce n'est tout de même pas toi qui...

— Bah ! De toute façon, le vieux était déjà malade, ricana le troll. Il avait un atroce goût de bile et de fiel. J'ai mis au moins trois jours à le digérer. »

Les compagnons regardèrent Hébus avec des yeux ronds.

À l'avant, Khast n'avait rien entendu.

« Vive nos sauveurs ! lança-t-il gaiement. Nous organiserons cette nuit un grand banquet en votre honneur. Tous à Jaclare ! »

chapitre 15

Y a un hic

« Et je te dis, moi, que je vais y aller !

— Petite sœur, ce serait plus sage de rester ici. »

C'Ian se tenait campée devant Cixi et la foudroyait du regard. Mais sa sœur ne lui prêtait pas la moindre attention. Elle était occupée à arranger ses cheveux d'une main tout en s'examinant dans le miroir ovale qu'elle tenait de l'autre. La brunette saisit une élégante broche figurant une phalène d'or aux ailes de rubis et la piqua dans ses boucles voluptueuses. Elle appliqua ensuite une dernière touche de fard argenté de Questie sur ses paupières mi-closes. Puis elle reposa ses accessoires sur la commode et contempla le résultat. Le miroir lui renvoya l'image d'une jeune femme rayonnante. Ses dents immaculées étaient découvertes par un superbe sourire de satisfaction.

« Alors, comment me trouves-tu ? demanda-t-elle en se tournant vers C'Ian.

— Absolument insupportable ! Quand papa va te voir ainsi peinturlurée, il va t'enfermer dans ta chambre.

— Ça m'étonnerait. Ma chambre se trouve à des centaines de lieues d'ici. On est à Jaclare. Et là-dehors, il y a toute une ribambelle de jeunes hommes qui m'ont déjà donné rendez-vous pour ce soir. On organise une fête en notre honneur, tu t'en souviens ?

— Pas en *ton* honneur : celui de notre père. C'est grâce à lui qu'on nous respecte, dans ce trou perdu.

— Eh bien, je suis tout autant convoitée, tu peux me croire ! » fit Cixi agacée.

Elle se leva d'un bond, jeta une étole sur ses épaules et se dirigea vers la porte.

« Au cas où tu ne l'aurais pas remarqué, reprit-elle, je ne suis plus une petite fille. Ce n'est pas parce que personne ne t'a donné rendez-vous, à part ton bouseux de fiancé, que tu dois être désagréable.

— Cixi, tu te comportes comme une enfant gatée. Quand à Lanfeust, c'est un garçon sain et naturel.

— Oui, c'est ça, on est d'accord, un bouseux. »

Un bruit dans l'entrée les interrompit.

« Salut les filles ! Vous parliez de moi ? »

Lanfeust venait d'apparaître dans l'encadrement de la porte. Son sourire était impeccable, et il tenait un bouquet de petites fleurs à la main. Pour le reste, il était intégralement recouvert d'un limon indéfinissable. La substance verdâtre aplatissait ses cheveux, coulait le long de ses joues et dégageait une odeur fétide et épouvantable.

« Au fait, euh... J'étais avec Hébus. On est allé voir l'élevage de bagroins pataugeurs, mais cet idiot m'a fait tomber dans l'enclos à purin. On en a profité pour faire une petite bagarre. Hahaha. Ces trolls sont de sacrés lurons. Faudra qu'on pense à reconstruire l'enclos, aussi. En attendant, je pourrais utiliser votre baquet ? J'ai peur de m'être fait une tache ou deux.

— Tu... Tu..., fulmina C'Ian.

— Ah oui ! j'allais oublier, ajouta le jeune homme. Voilà un bouquet de touristales. Je les ai cueillies pour toi, C'Ian. C'est curieux, ces magnifiques fleurs ne poussent que sur le purin qui a fermenté au soleil pendant très longtemps. Tu savais ça ? »

Cixi plaqua une main devant sa bouche pour se retenir de pouffer. Elle contourna Lanfeust avec précaution et se précipita dehors. On l'entendit hurler de rire par la fenêtre jusqu'au bout de la rue.

C'Ian était pivoine. Une couleur qui faisait un curieux contraste avec le bleu de sa robe.

« Quoi ? demanda Lanfeust, qu'est-ce que j'ai dit de mal encore ? »

Jaclare n'était pas vraiment un port de toute première importance. Plus gros qu'un simple port de pêche mais pas encore un grand havre commerçant, il accueillait régulièrement quelques navires qui se livraient au cabotage le long des côtes. Mais la plupart des habitants demeuraient de simples pêcheurs, fiers de leur indépendance et farouchement opposés à l'implantation de nouvelles familles.

Les marins se regroupaient en clans et travaillaient tous ensemble. Chacun sur son boutre, ils levaient l'ancre très tôt dans la journée. Leur petite flottille se dirigeait vers le large, guidée par les dragonniers qui repéraient les bancs et les meilleures zones de pêche. Aux lueurs rougissantes de l'aube, ils avaient déjà réduit la voilure et halaient doucement leurs filets.

La Mer du Ponant était généreuse. Qu'il s'agisse de crapincettes à tête rose, de murges gloutues ou de délicieuses amèsses câlines, chaque jour voyait sa cargaison de poissons déversée sur le pont.

Parfois les pêcheurs revenaient avec des prises exceptionnelles. C'était l'occasion de faire la fête. Le soir venu, les clans de Jaclare se réunissaient autour d'un grand feu. Ils préparaient de savoureuses grillades aux épices d'Armalie, des patates douces braisées, des brochettes de fruits, et surtout les fameuses parottes géantes cuites à l'étuvée dans leur coquille. Ils mangeaient et buvaient, pendant que les bardes montaient sur les rochers pour chanter et raconter des histoires de bêtes fabuleuses, de monstres marins et de vierges plus ou moins blondes. Les festivités duraient souvent jusqu'à l'aube, qui verrait leur nouveau départ.

Ainsi se déroulait la vie à Jaclare, au rythme du ressac et des alizés. Mais les choses étaient sur le point de changer...

Depuis la disparition du sage et de son assistant, des raids de brigands avaient lieu de plus en plus fréquemment. Désormais, la crainte sapait le moral des pêcheurs. Certains avaient interrompu la récolte du sel, traditionnelle à cette époque de l'année, pour consolider les palissades et ériger de nouvelles défenses. Les dragonniers délaissaient la mer pour patrouiller au-dessus des crêtes et des forêts. La peur d'une invasion grandissait chaque jour. Les tensions s'exacerbaient. L'ambiance n'était plus au beau fixe...

Dans ce contexte, l'apparition de Nicolède avait soulevé une vague d'enthousiasme. L'arrivée du sage d'Eckmül était une bénédiction pour Jaclare. À peine les compagnons avaient-ils sauté de leurs dragons, qu'on les portait déjà en triomphe sur la place du village.

En attendant l'inévitable banquet du soir, on accorda aux jeunes femmes l'hospitalité d'une demeure avec vue sur le port. Les occupants avaient eux-mêmes tenu à leur céder la place afin qu'elles se reposent et puissent se préparer pour les festivités.

Lanfeust et Hébus, eux, étaient partis visiter le port, tandis que les dragonniers Khast et Ebarth s'étaient lancés dans une tournée endiablée en compagnie de Nicolède. Leur objectif semblait être de présenter le sage au plus grand nombre possible de gens en un minimum de temps. En dépit du relatif chauvinisme des habitants, la promenade remportait un vif succès. Le trio s'arrêtait sous les acclamations dans la plupart des maisons. Après deux heures de ce rythme endiablé, le sage n'en pouvait plus. Il demanda poliment :

« Chers amis dragonniers, je suis ravi de faire toutes ces rencontres, croyez-le bien. Mais voici que la nuit tombe. Ne devrions-nous pas rejoindre mes compagnons ? D'autant que je perçois un délicieux fumet...

— Ouaip ! acquiesça Ebarth. Profitons du banquet tant qu'il est temps. J'veux pas être pessimiste, mais les bandes de malandrins se rapprochent un peu plus chaque jour. Qui sait si ce n'est pas eux qui nous grignoteront demain ? En parlant de grignoter, vous sentez cette odeur d'épices à l'étuvée ? À mon avis les parottes sont cuites...

— Par les vents ! s'exclama Khast. Mon cher frère ne serait-il donc qu'un ventre ? Voyons, je n'ai même pas fini de présenter maître Nicolède à nos différents cousins. Venez avec moi, noble vieillard. Vous devez tout savoir de votre nouvelle résidence !

— Je ne suis pas si vieux que ça, grommela le sage. C'est juste que je suis un peu fatigué...

— Nos ancêtres sont arrivés dans cette rade par la mer, poursuivit Khast avec passion. Jaclare est prise entre l'océan, des collines abruptes et une épaisse forêt de pins géants, l'Ashin. Ça aurait été trop dur d'arriver à pied par l'Ashin. Et finalement, notre situation nous procure l'isolement idéal. C'est parfait pour nous protéger des pillards, des casse-pieds et du mauvais temps. Nous n'avons d'ailleurs jamais été inquiétés. À part une fois. La mer déchaînée a emporté un de nos meilleurs navires, l'*Orme-Tatatan*. Sa coque était bâtie dans le plus solide des bois, mais ses amarres n'ont pas tenu. Ce fut une grande tragédie pour nous tous lorsque les flots nous l'ont ravi. »

Sur la place centrale de Jaclare s'élevait un buffet monumental. Des mamouflons entiers crépitaient au-dessus d'un feu gigantesque et la bière d'algue fermentée coulait à flots dans les gorges et les estomacs, et après transformation sur les troncs d'arbre. Sur de petits foyers individuels rôtissaient des poissons de toutes tailles. Regroupés par clans, les pêcheurs commentaient les récents événements. Des pieux étaient fichés en terre au pied de chaque attroupement, surmontés d'un bouclier frappé aux armes de différentes familles : les Deux-Gages, les Han Vidhès, les Oterros...

Le capitaine Khast et Nicolède se dirigeaient vers le pavois de la famille Wadhalla où siégeait l'échevin de Jaclare, quand le sage s'arrêta.

« Un instant, j'aperçois ma fille qui vient à notre rencontre. »

C'Ian avait fendu la foule pour lui sauter au cou.

« Père, te voilà enfin ! Tu nous as tellement manqué...

— Tu es gentille, ma petite. Mais tu exagères. Nous ne sommes séparés que depuis quelques heures. Au fait, je ne vois pas ta sœur. Où est-elle ? »

Le sage promena son regard parmi les groupes de pêcheurs. C'Ian eut l'air ennuyée :

« Je ne sais pas où elle est, mais je sais avec qui. Elle m'a dit que toute une bande de garçons l'attendaient ce soir.

— Hum... Je vois. Ta sœur et toi avez toujours été un peu différentes. C'est de ma faute. Je ne m'occupe pas beaucoup d'elle et elle veut t'imiter. »

Le capitaine Khast s'approcha en lissant nerveusement sa moustache rousse.

« Eh bien, messires, notre échevin vous attend. Lui accorderez-vous enfin le plaisir de vous rencontrer ? Il brûle d'impatience.

— Nous venons, nous venons », répondit Nicolède.

Il emboîta le pas au capitaine et le reste de la petite troupe les suivit.

À quelques coudées de là, le dragonnier Ebarth se tenait appuyé contre un empilement de paniers tressés débordant de melons d'eau. À peine Lanfeust et ses amis se furent-il éloignés, qu'il tapota trois coups secs contre l'un des couvercles en osier.

« Vous pouvez sortir, mam'zelle Cixi. Ils ne sont plus là. »

La tête de la jeune femme émergea du panier.

« Hi hi hi ! C'est drôlement amusant. Tu es sûr qu'ils ne m'ont pas vue ?

— Certain. Mon frère les a emmenés auprès de l'échevin. Ils en ont pour un bon moment.

— Bien, enfin libre ! La famille, qu'est-ce que ça peut être collant, parfois !

— Ouaip, j'comprends ça, mam'zelle. Mon frère Khast joue sans arrêt à être le chef. Ça m'énerve. Surtout que je suis drôlement plus costaud que lui. »

Ebarth exhiba son thorax poilu et épais, lardé de cicatrices acquises au cours de multiples rixes. Il remarqua l'expression de Cixi et son rire découvrit ses chicots jaunis. La jeune femme réprima un frisson de répulsion.

« Hem, Barty, j'ai trouvé ce petit jeu de cache-cache fort sympathique. Mais comme je te l'ai dit tout à l'heure, j'aimerais rencontrer tes copains. Il doit bien y avoir ici d'autres garçons, disons... moins durement abîmés par ce rude labeur qui est le tien ?

— Pour sûr ! Tenez, en voilà justement un. Excusez-moi une seconde. Il faut que j'aille le saluer. »

Nicolède et ses compagnons atteignirent le centre de la place. Sous un élégant pavillon vermillon siégeait un homme encore jeune, bien qu'une courte barbe noire ornât déjà son menton. Ses habits étaient sombres et de facture simple. Un verre à la main, il s'appliquait à sourire aux plaisanteries de ses concitoyens, mais son front était creusé de rides. On sentait bien que le cœur n'y était pas.

« Venez, Nicolède, dit le capitaine dragonnier, je vais vous présenter à mon frère Thyrm. C'est le cadet de notre grande famille et surtout l'échevin de notre communauté, ajouta-t-il en lissant fièrement sa moustache. Notre oncle, le vénérable Hoth l'Ancien, l'a désigné pour être son successeur l'année dernière. Cela a été un grand honneur.

Le petit groupe fut entraîné dans l'allégresse sous l'impulsion du dragonnier et des pêcheurs avinés. À la vue de Nicolède l'échevin jaillit de son fauteuil de cérémonie.

« Cher ami, vous voilà enfin ! L'émotion m'étreint, les mots me manquent... En tant qu'échevin de Jaclare, sachez que je suis infiniment honoré d'accueillir notre nouveau sage. »

Il baisa distraitement la main de C'Ian, repoussa Lanfeust d'un geste machinal et se glissa devant Hébus avec une grimace. Puis il étreignit chaleureusement le sage. Les autres compagnons furent invités à s'asseoir.

« C'est trop d'honneur, bredouilla Nicolède.
— Mais non. Par ces temps difficiles, votre venue est miraculeuse : vous êtes notre sauveur ! »

L'échevin leva sa chope en l'air :
« Pour le héros de Jaclare, hip hip hip...
— Houraaaa », lancèrent mollement les marins éméchés.

Lanfeust, quelque peu renfrogné, alla s'installer à une table plus loin et s'empara d'une chope. Hébus s'approcha d'un tonnelet de bière mais un geste de Nicolède l'en dissuada : le troll aurait pu rompre son enchantement sous l'effet de l'alcool et le sage ne tenait à courir aucun risque.

Hébus rejoignit Lanfeust en grognant. Il chassa quelques marins d'une pichenette et assit son imposante masse sur le reste du banc, qui se mit à ployer dangereusement.

« Par les mouches de mes ancêtres ! Il y a un joli feu, mais ça manque d'ambiance par ici.

— T'as raison. Depuis qu'on est arrivé, il n'y en a que pour maître Nicolède. Ça devient agaçant. En plus C'Ian a préféré rester avec les officiels. Elle n'arrête pas de me faire des reproches, ces temps-ci... »

Ils devisèrent un moment à propos des abîmes d'incompréhension qui séparent parfois hommes et femmes, lorsqu'une tête ornée d'un béret vert jaillit entre eux.

« Foudre à dragon ! Les tristes sires que voilà ! rugit Khast, le visage vermeil et l'œil pétillant. Ne voyez-vous pas comme la nuit est belle ? La bière coule à flot, les parottes sont douces, profitez-en ! »

Décidé à illustrer ses propres conseils, le dragonnier saisit une chope sur le plateau d'une serveuse et l'engloutit d'un trait.

« Puisque vous êtes là, pourrais-je vous poser une question ? demanda Lanfeust. Pourquoi l'échevin semble-t-il si inquiet ? »

Le capitaine essuya sa moustache pleine de mousse et émit un rot circonstancié.

« C'est que, cela risque d'être notre dernière fête avant longtemps. Les brigands des montagnes sont sans cesse plus nombreux depuis qu'ils ont appris la mort de notre sage et de son assistant. Même avec le concours de nos deux dragons, nous arrivons à peine à les tenir en respect. Sans nos pouvoirs, il est impossible de nous défendre.

— Ils sont rétablis grâce à la présence de maître Nicolède. Vous voilà sauvés, non ?

— Rien n'est moins sûr. Le nombre des malandrins a pris des proportions inquiétantes. Plusieurs centaines d'individus d'après nos derniers survols. Une grande partie de la population est persuadée que nous allons subir une attaque d'envergure. Les réactions sont variées. Certains ont tenté de s'y préparer : comme vous l'avez vu, des défenses et une barricade ont été érigées autour de la ville. Mais la tension nous épuise. D'autres essayent d'oublier la peur en ouvrant quelques bonnes bouteilles. »

Pendant ce temps, Ebarth avait entraîné Cixi du côté des quais.

« Tenez, jolie mam'zelle, encore une petite goutte...

— Atten — HIC ! — tion, monsieur le dragonnier, je vois bien que vous essayez de me faire perdre toute contenance. Z'essayeriez pas de me saouler, des fois ?

— Ma foi, un tantinet, hé-hé-hé ! Venez plutôt admirer le reflet des étoiles sur la mer du Ponant. C'est un spectacle de toute beauté. Ah, voici justement les amis dont je vous ai causé... »

Loin des feux du banquet, trois pêcheurs discutaient sur l'embarcadère devant le cadavre d'une énorme baleine à corne. Le cétacé agonisait sur le dos, le ventre gonflé. Malgré l'heure tardive, de nombreux oiseaux

voletaient autour et descendaient lui picorer le ventre.

« Mmm... alors, les aventuriers des mers, pas encore au lit ? dit Cixi en se faufilant au milieu du groupe. Y aurait-il parmi vous un galant pour remplir à nouveau mon verre ?

— Eh ! Salut ma belle ! lança le premier.

— Ça fait plaisir de voir une jolie fille par ici, renchérit le second. Comment c'est, ton p'tit nom ?

— Je m'appelle Cix — HIC !... Hihihi... J'veux dire Cixi. C'est le Gris de Klostope, ça... Trois gouttes, et je suis partie.

— C'est mignon tout plein, dit l'un des marins en posant une main sur sa cuisse.

— Pas les battes ! articula Cixi en le repoussant mollement... Vous z'ai vu venir, vous. Comme on dit en Souardie faut pas mettre la charrue avant les bœufs.

— Méfiez-vous les gars, ricana Ebarth, c'est une sauvageonne !

— Vous êtes toutes comme ça, dans la famille ?

— Ben, y a aussi ma sœur C'Ian... Mais c'est une sacrée bêcheuse. Et puis elle a son fiancé, un grand dadais qu'est même pas capable de voir plus loin que le bout de son nez...

— Pourquoi parles-tu de la Souardie, beauté ? demanda un marin. Je croyais que les filles d'Eckmül comme toi détestaient la province ? À moins que tu ne sois attirée par les rudes gaillards au teint hâlé qui travaillent avec leurs mains, comme moi... »

Il s'approcha d'elle jusqu'à la coller.

« Mais on vient pas d'Eckmül, eh, tête de shrink... Puisqu'on y va. »

Le silence tomba sur l'assemblée. Les hommes échangèrent un regard.

« Comment ça, mam'zelle ? dit Ebarth. Vous êtes bien venus remplacer notre sage, non ?

— PPPFFRRTTTT hihihi ! s'esclaffa Cixi, c'est la meilleure, celle-là ! Vous rigolez, non ? On s'en va dès demain. Vous croyez quand même pas que mon père et moi, on va passer notre vie dans ce coin minable avec des bouffeurs d'algues comme vous ? HIC ! »

chapitre 16

Alcool aux pruneaux

« Ah ! Lanfeust, je te trouve enfin, dit C'Ian avec un sourire de gentil reproche. Tu n'as pas honte ? »

La jeune femme fit le tour de la table de banquet, se pencha par-dessus son fiancé et lui retira doucement des mains la chopine qu'il s'apprêtait à vider.

« Mais je n'ai quasiment rien bu ! protesta le jeune homme. Et nous n'avons pas bougé d'ici. C'est toi qui nous as abandonnés. Franchement, je ne vois pas ce qui t'attire chez ces marins.

— Sans compter qu'ils sentent drôlement l'eau propre, fit remarquer Hébus. Regardez, mes mouches en sont toutes nauséeuses : elles volent en biais. »

C'Ian se tordit les mains. Une fugitive anxiété assombrit un instant le beau visage de C'Ian. Elle reprit à voix basse :

« Je crois que vous ne réalisez pas toute la gravité de la situation. Ces gens sont accablés, ils sont persuadés que père a été envoyé par Eckmül pour les secourir. Et lui se laisse convaincre : un sage est fait pour servir une communauté. Ses serments lui interdisent de les abandonner dans une situation difficile. Il ne sait plus comment s'en sortir. Nous devons forcément repartir pour Eckmül, mais je dois faire constamment attention à ce que père ne se trahisse pas, et vous... vous ne pensez qu'à boire et à manger !

— Ne vous inquiétez pas, douce C'Ian, dit Hébus. Je garde un œil sur tout ce qui se passe ici. Je puis vous assurer qu'il n'y a aucun danger immédiat.

— Ah oui ? Et Cixi ? »

Lanfeust et le troll clignèrent des yeux.

« Pardon ?

— Ma sœur, où est-elle ? Je parie que vous ne l'avez même pas surveillée. Elle est jeune et vulnérable. Un garçon lui fait deux ou trois compliments et elle est prête à se jeter à sa tête ! Une goutte de vin et elle se transforme en petite chose fragile et désemparée...

— Pas de panique, dit Hébus, j'ai une idée. (Il se leva et renifla la brise :) Par là ! L'odeur de son parfum sucré semble conduire vers le quai. »

Prenant appui sur quelques têtes, Lanfeust grimpa sur la table. Certains pêcheurs s'apprêtaient à protester, mais ils se ravisèrent devant le sourire d'Hébus. L'apprenti forgeron scruta les berges au-delà du gigantesque brasier.

« Je vois du monde, mais je ne suis pas sûr... Il y a un type bedonnant qui ricane en se tenant le ventre. Il a l'air de faire un commentaire salace à propos d'une silhouette qui se trémousse devant lui. »

Malgré la rumeur ambiante, on entendit distinctement le bruit sec d'une claque traverser la place.

« Pas de doute, c'est bien Cixi, confirma Hébus.

— Le type se tient la joue et c'est la silhouette qui rigole, maintenant. Elle est bien habillée en rouge, mais elle n'a pas l'air très stable sur ses pieds.

— C'est ma sœur ! dit C'Ian. Elle a trop bu. Il faut aller la chercher, sinon un malheur va lui arriver.

— Je m'en occupe. »

Lanfeust traversa la place à grandes enjambées. Il quitta les lueurs du banquet et gagna l'obscurité des quais. L'air frais du rivage fouettait ses sens. Les dernières vapeurs d'alcool se dissipèrent lorsqu'il aperçut enfin Cixi. Elle était cernée par quatre marins patibulaires.

« Tiens donc, dit Lanfeust, Ebarth le dragonnier et sa clique. Pourquoi ne suis-je pas surpris de vous trouver ici ?

— Et voilà mon chaperon, répliqua Cixi. Toujours là quand il ne faut pas. Ce grand niais est aux ordres de ma sœur.

— L'aube ne va pas tarder, Cixi, viens te coucher.

— J'ai encore soif et je suis avec de charmants messieurs fort intéressés par ma conversation. Même s'il faut en gifler un ou deux lorsqu'ils se montrent trop coquins, hihihi-HIC !... Je sais me défendre toute seule. »

Le jeune homme lui arracha son verre et la prit par le bras.

« Ça suffit ! dit-il sèchement. (Il ajouta, plus doucement :) Allez viens, ta sœur te réclame.

— Lâche-moi ! Marre de C'lan... Toujours à s'inquiéter pour les autres, celle-là. J'veux rester ici. »

Le plus ventripotent des trois marins

s'approcha de Lanfeust et plaqua une main grasse et luisante sur son épaule.

« Dis donc, t'as pas entendu la fille ? Elle n'a pas envie d'aller avec toi. Alors dégage, mon bonhomme ! Sinon, les matelots et moi, on va... »

Il n'acheva pas sa phrase.

Vif comme un loss, Lanfeust s'était retourné pour lui décrocher un direct à la mâchoire.

Le maxillaire du pêcheur explosa dans un bruit mat. Il fit trois pas en arrière. Le sang giclait sur sa chemise. La surprise se peignit sur son visage. Il alla s'affaler au milieu des caisses et ne bougea plus.

Ebarth le dragonnier n'attendit pas que la peur s'empare de ses compères. Il s'avança sur Lanfeust.

« Qu'est-ce qu'il veut exactement le petit garçon ? Il a fait tout ce chemin jusqu'à Jaclare pour chercher la bagarre ? »

Les marins avaient remonté leurs manches et s'étaient interposés entre Lanfeust et le banquet, afin que personne ne puisse les voir.

« Fais attention, étranger. On ne menace pas impunément un dragonnier. Même un écuyer. »

Leurs silhouettes ténébreuses se découpaient contre la lueur du brasier et projetaient des ombres menaçantes jusqu'aux pieds de Lanfeust...

« N'approchez pas ! clama le jeune homme d'une voix ferme et décidée. Je suis simplement ici pour raccompagner la demoiselle. Je ne veux de mal à personne. Mais si l'un d'entre vous avance encore, il va goûter au cuir de mes gants... »

Ignorant son avertissement, ou peut-être même excité par celui-ci, un second marin s'élança. Il envoya son énorme poing en direction de la figure de Lanfeust. Cinq doigts serrés comme un pilon de pierre. Ils fauchèrent l'air à l'emplacement de la tête du jeune homme... mais elle n'était déjà plus là.

Lanfeust, léger comme un souffle de vent, avait esquivé d'un pas de côté. Il saisit le col du marin et profita de son élan pour l'attirer contre lui. La face du pêcheur rencontra son front plat. Il y eut un craquement d'os brisé. L'homme tomba à genoux en se tenant le nez. Une rivière écarlate ruisselait à terre.

Cixi éclata de rire. Elle s'arrêta au milieu d'un hoquet et se mit à vomir.

« Beuh... Lanfeuuust, mon chevalier, sauve-moi... »

Elle tituba et alla se pendre à son cou. Ebarth et son compagnon en profitèrent pour relever l'homme au nez cassé et se regrouper.

« Il ne va pas s'en tirer comme ça !

— Tous ensemble, écrasons-le !

— Ouais ! Tous ensemble ! Tous ensemble ! Un ! Deux ! »

Mais au lieu de s'élancer, ils s'arrêtèrent net. Une énorme masse couverte de poils roux venait de se dresser au-dessus de Lanfeust. Les bras croisés, Hébus contemplait la scène. Il vrilla ses yeux rouges dans le regard des pêcheurs :

« T'as besoin d'un coup de main, mon ami ?
— Non, pas vraiment. Ah si, ça t'ennuie de me tenir ça une seconde ? (Le jeune homme lui lâcha Cixi dans les bras avant d'ajouter.) Il faut que je retourne discuter avec ces messieurs... »

Lanfeust se baissa pour éviter un jet de bouteille, tandis qu'un premier marin se jetait sur lui. Il le cueillit d'un crochet au plexus. L'homme s'arrondit autour de son poing avant de retomber lourdement.

« Note que j'apprécie ton aide, Hébus... »

Le jeune homme saisit un tonnelet et l'écrasa sur la tête d'un second adversaire avant de le balayer d'un croc-en-jambe.

« ... Mais j'aime bien... »

Il esquiva de justesse un coup de dague qui sabra l'air. Ebarth avançait, les yeux exorbités.

« ... régler mes petites affaires... »

Lanfeust tourna sur lui-même et balança sa botte en avant.

« ... tout seul ! »

Son coup de pied atteignit le dragonnier en plein visage. Ebarth voltigea dans la nuit de Jaclare et alla s'écraser devant Hébus. Le troll avança distraitement un pied et broya la main qui tenait le poignard.

« Couché, toi. »

Lanfeust jeta un œil de l'autre côté du brasier. La fête battait toujours son plein. Personne n'avait rien remarqué.

« Ah ! lâcha-t-il, voilà qui est mieux. Ces discussions au coin du feu, c'est fou ce que ça détend. »

Le jeune homme s'épousseta au milieu des corps gémissants. Le troll plaça Cixi en travers de son épaule comme un vulgaire sac de légumes.

« L'aube est bientôt là. On lève le camp ?

— Nan ! pleurnichait Cixi... Veux encore m'amuser. Lâche-moi... Sale brute...

— Chut, le sac. Je parle à Lanfeust.

— D'accord, on y va. Inutile de s'attarder ici plus longtemps. C'est une jolie bourgade, mais certains spécimens ne sont pas apprivoisés. »

Les deux compagnons quittèrent le quai pour regagner la place. Ils se retrouvèrent face à un groupe mené par Khast et Nicolède. L'échevin en personne conduisait le cortège.

« Je vois que votre assistant s'est trouvé des petits camarades, dit-il au sage.

— Par les vents ! Regarde, Thyrm, fit le capitaine dragonnier. Notre frère Ebarth est encore avec ces mauvais garçons. Il ne peut pas s'empêcher de se faire remarquer. J'ai l'impression qu'il s'est pris une sacrée correction. Grand bien lui fasse ! Ces jeunes oublient trop souvent la discipline. Allez, debout maintenant ! »

Ils se penchèrent pour secouer les corps recroquevillés des marins pendant qu'une foule de curieux commençait à se rassembler. C'Ian et Nicolède en profitèrent pour entraîner leurs amis à l'écart. Ils longèrent le rivage entre les allées de filets suspendus et débouchèrent sur un quai moins fréquenté.

Une fois au calme, ils installèrent Cixi au creux de ballots de toile rêche entassés devant la coque d'un caboteur. Puis ils s'assirent par terre. Le moment était venu de souffler et de faire le point.

« Ma sœur va bien ? demanda C'Ian. Elle est toute pâle.

— Ce n'est rien, répondit Nicolède. Une bonne nuit de sommeil et il n'y paraîtra plus. Quant à toi, Lanfeust, tu es certainement un garçon très courageux, mais j'aimerais que tu ne te fasses pas trop remarquer, tout de même.

— Vous avez raison. Je me suis laissé emporter.

— Avant la bagarre, j'ai discuté avec un marchand qui redescend vers Eckmül. C'est son navire qui est amarré là. Il appareille dans quelques heures.

— C'Ian est exténuée et sa sœur ronfle déjà comme un bûcheron des Monts

Loquaces. Ne devrions-nous pas en profiter pour monter discrètement à bord ? La nuit s'achève, les pêcheurs cuvent leur vin. C'est le moment ou jamais. Je pourrais aller discrètement récupérer nos affaires, si vous voulez...

— Je suis très ennuyé. Je me pose des questions. Mes serments m'interdisent de laisser ces pauvres gens si la situation est pour eux dangereuse...... Est-elle vraiment critique ? »

Une voix surgit derrière eux.

« Crémortaille ! Vous comptiez nous quitter ? »

Le capitaine Khast arriva sur le quai suivi par l'échevin et les hommes de la milice de Jaclare. Certains soutenaient les victimes de la rixe. Ebarth sautait derrière à cloche-pied, le visage ensanglanté. Les soldats entourèrent la petite troupe et pointèrent leurs hallebardes. Le capitaine Khast prit la parole :

« Messire Nicolède, votre jeune assistant était tout à l'heure en légitime défense, cela je ne le conteste pas. Mais il faut que nous éclaircissions un point délicat. On raconte que votre fille aurait tenu d'étranges propos... »

Un marin estropié se mit à beugler en les montrant du doigt :

« Ce sont de gros menteurs ! La petite

copine du rouquin a dit qu'ils allaient partir d'ici ! Tous, même le sage !

— Abfolument ! renchérit Ebarth.

— Ce n'est pas ma petite copine, contesta Lanfeust.

— Je ne suis pas gros », ajouta Hébus.

Nicolède se résigna.

« Messieurs, je vais être franc. Je ne suis pas celui que vous attendiez. J'ai tenté de vous le dire plusieurs fois mais vous ne m'avez pas écouté. En fait, nous devons nous rendre à Eckmül dans les plus brefs délais. Notre mission est d'importance...

— Pas aussi importante que la survie de notre communauté », coupa l'échevin.

Le silence se fit. Pour la première fois, il faisait montre de son autorité. Chacun s'était tu et l'écoutait respectueusement. Y compris Ebarth et ses marins éméchés. En quelques instants Thyrm avait repris l'attitude d'un éminent chef de clan.

« Je suis désolé, maître Nicolède, mais vous n'irez nulle part. N'y voyez aucune sanction personnelle. Je ne puis tout simplement pas sacrifier mon village. Avec vous ici, notre destin demeure incertain. Mais sans votre présence, nous n'avons aucune chance. Des femmes, des enfants et des vieillards comptent sur moi. Jaclare n'est pas qu'une communauté de mécréants éthyliques... »

Il posa sur Ebarth un regard sans appel. Son frère rentra les épaules et se tassa sur lui-même.

« Bien, dit le capitaine Khast. Maintenant que les choses sont claires, plusieurs hommes vont vous accompagner pour veiller à votre sécurité.

— Nous sommes vos prisonniers ? dit Nicolède.

— Nullement. Vous êtes nos invités. Vous logerez gratuitement à l'auberge, le temps qu'un sage remplaçant arrive d'Eckmül, comme prévu. En attendant, vous êtes ici chez vous. »

Le troll leva un bras.

« Je leur fracasse le crâne ?

— Non ! dit Nicolède. Ces gens ont raison. Ils défendent leurs familles. Les combattre serait un crime. Nous devons nous résoudre à trouver une autre solution. »

Le ciel avait pâli. Au loin, deux disques d'argent coulaient dans la Mer du Ponant : les lunes de Troy s'en retournaient derrière l'horizon pour laisser poindre l'aube.

« Bon, soupira Lanfeust. Si j'ai bien compris, on reste et on se bat ?

— Huk ! Huk ! Huk ! Moi ça me va tout à fait comme plan.

— Qui vous parle de se battre ? dit l'échevin. Nos guetteurs surveillent les collines. Rien ne bouge pour l'instant. Et c'est heureux, car un lendemain de fête serait vraiment le pire des moments pour...

— ALERTE ! ALERTE ! »

Un homme de la milice courait entre les tables jonchées de cadavres de bouteilles. Il interpellait les gens et secouait les corps endormis.

« DEBOUT ! RÉVEILLEZ-VOUS !

— Que se passe-t-il ? héla l'échevin. Venez, nous sommes par ici. »

Le milicien galopa jusqu'à eux, manquant à plusieurs reprises de culbuter sur un obstacle. Il s'arrêta devant Khast, hors d'haleine.

« Mon capitaine... Les brigands, ils arrivent...

— Par les vents ! Encore une escarmouche ? Qu'on selle nos dragons !

— Non... Mon capitaine... Pas une escarmouche... Ils sont des centaines... Des légions... C'est la forêt tout entière qui s'avance ! C'est... C'est la fin ! »

chapitre 17

Avant la tempête

L'événement tant redouté depuis des semaines par les habitants de Jaclare allait finalement se produire.

De toutes parts les cors de guerre résonnaient. Ils ricochaient sur les collines abruptes qui dominaient Jaclare. Un grondement sourd monta. Le son du fer contre le fer, le martèlement des armes entrechoquées. Une clameur qui ne cessait d'enfler jusqu'à devenir un raz-de-marée dévastateur. La forêt vibrait et l'air lui-même semblait frémir.

Pourtant, les brigands demeuraient invisibles. Dissimulés par les arbres recouvrant les pentes, c'était à peine si l'on pouvait deviner les mouvements de leurs troupes. Le terrain découvert autour de la ville restait désert.

Ce procédé, classique chez les compagnies mercenaires et les hordes barbares, était bien connu : laisser l'imagination des futures proies s'enflammer au son de leur tumulte guerrier. Mais c'était la première fois que de simples malandrins l'utilisaient. Et cela n'augurait rien de bon.

Brusquement les accords barbares se turent. Un millier de poitrines exaltées prirent alors le relais, braillant d'atroces hurlements sanguinaires. Les bandits massés dans les sous-bois rugissaient d'une même voix. Ils sonnaient l'hallali pour terroriser leurs prochaines victimes avant le massacre...

Les nuages envahissaient le ciel. Une brise marine traversa le village chargée d'embruns saumâtres. Elle charria quelques ballots d'herbes sèches. Personne n'osait bouger. Les gens étaient pétrifiés par le hurlement ininterrompu des brigands.

L'échevin surprit le reflet de son propre visage dans une flaque d'eau. Son teint était aussi livide que les os blanchis d'un squelette.

« Capitaine Khast, vous devriez... Je... »

Il ne parvenait pas à donner ses ordres.

« Une ville fantôme, songea Lanfeust avec effroi. On dirait une ville fantôme peuplée de morts encore debout... »

Il jeta un coup d'œil à Hébus. Le troll promena son regard parmi les gens abattus, hocha la tête et lui renvoya un sourire déterminé. Il avait compris.

Satisfait de cet accord silencieux, le jeune homme grimpa d'un bond sur un chariot abandonné là par un homme terrifié :

« Holà ! Peuple de Jaclare, cria Lanfeust d'une voix puissante, allez-vous vous laisser massacrer sans rien faire ? »

Quelques visages se tournèrent vers lui, essayant d'oublier le vacarme dans les collines.

« Où sont donc les fiers marins ? Les grands capitaines qui d'habitude dirigent ce port ? » ajouta-t-il en levant le poing.

Un petit attroupement se formait aux pieds de cet étranger charismatique hurlant dans la tempête qui s'annonçait.

« Allons, continua-t-il en désignant le rempart de fortune qui encerclait Jaclare, je vois d'ici que vous vous étiez préparés à cet assaut. Est-ce le moment de baisser les bras ? Tous vos efforts auront-ils été vains ?

— Non, laissa échapper à sa grande surprise un vieil homme aux traits burinés par le soleil.

— Allez-vous permettre à ces *Sans-Magie* de piller vos terres ?

— Non, déclarèrent quelques adolescents enflammés par ce discours improvisé.

— Allez-vous les laisser brûler vos maisons ? Manger vos femmes et violer vos troupeaux ? Hum... et inversement ?

— NON ! » répondirent d'un seul cri tous ceux qui assistaient à la harangue. Sauf un qui glissa :

« Enfin nos troupeaux, c'est surtout des poissons.

— Bon... Eh bien, heu... Aux armes ! » conclut Lanfeust un peu décontenancé en pointant son épée vers le ciel.

Comme sous l'effet d'un puissant sortilège, les spectateurs sortirent alors de leur léthargie. Tous s'éparpillèrent, distribuant ordres et recommandations, secouant ceux qui étaient encore sous l'emprise de la peur.

Jaclare venait de s'éveiller.

« Alors là, fit Hébus, tu m'en as bouché la dent creuse.

— Lanfeust, mon amour, tu as été magnifique ! dit C'Ian en lui déposant un baiser sur le front. Quand je pense que Cixi a tout raté, la pauvresse ! »

Lanfeust restait encore étonné par l'effet de ses propres paroles. Il rougissait, embarrassé par cette avalanche de compliments. Mais une petite lueur venait de s'éclairer au plus profond de lui-même, un feu sacré qui forgeait les âmes les plus valeureuses.

Nicolède posa une main calleuse sur son épaule :

« Allons, beau parleur, passons aux actes à présent, glissa-t-il empli de fierté. Va donc faire le tour de cette ville afin de voir comment elle compte se défendre. »

Laissant les jeunes femmes aux bons soins de leur père, Lanfeust et Hébus se dirigèrent vers la périphérie du village. Comme ils l'avaient constaté en se promenant la veille, un certain nombre de dispositifs de défense avaient été mis en œuvre.

Certes, les habitants du port, pour la plupart de modestes marins ou de laborieux paysans, ne connaissaient rien à l'art du combat. Mais ils faisaient preuve d'un courage et d'une détermination solidement forgés par les caprices d'une mer imprévisible et d'une nature revêche.

Depuis quelques semaines, hommes, femmes et enfants s'affairaient sous les directives d'un ancien milicien devenu doyen du village : Oncle Tchïn-Tchïn. Il avait hérité son surnom en raison d'un penchant prononcé pour la bière d'algues fermentées, mais cela ne l'empêchait pas de conserver les idées claires. Son « ... AAAaaaarde à vous ! » et ses coups de tatanes étaient célèbres de génération en génération.

Oncle Tchïn avait conçu une astucieuse défense en deux temps, « au cas où la racaille tenterait de s'introduire dans le poulailler », comme il disait.

À l'extérieur, dans les broussailles, les pêcheurs avaient installé de vastes filets hérissés de centaines d'hameçons. Camouflés sous un épais tapis de végétation, ils étaient destinés à briser l'élan des premières charges et à entraver les mouvements de l'ennemi...

Le second dispositif était la « Muraille » : un rempart de bric et de broc qui ceinturait la ville. Sous les directives d'Oncle Tchïn, rien n'avait été laissé au hasard. Tables, lits et armoires, solidement cloués ensemble, formaient la barricade. Et tous les miroirs que l'on avait pu dénicher étaient disposés face au levant afin que la réverbération aveugle les assaillants. En guise de porte, les charpentiers du port avaient fixé d'épais vantaux sur les côtés d'un chariot, recouverts d'une tenture où étaient cousus de nombreux grelots, pour prévenir en cas d'infiltration nocturne. De part et d'autre, des cuves de cuivre remplies d'huile chauffaient lentement aux flammes de braseros artisanaux.

Oncle Tchïn pouvait être fier. En dépit d'un aspect pour le moins surprenant, sa grande muraille semblait prête à affronter les hordes de pillards. Quant à savoir combien de temps elle tiendrait, nul n'avait réellement envie de le savoir...

« Regardez ça, dit l'échevin, on dirait que mes braves concitoyens se sont réveillés. »

Perché sur l'approximatif chemin de ronde qui serpentait au sommet des barricades, il avait rejoint Lanfeust et Hébus. Tous les trois observaient l'incessant va-et-vient de la population. Depuis l'allocution du jeune homme, la ville semblait gagnée par une incroyable frénésie.

« Les cris des bandits se sont arrêtés », fit remarquer Lanfeust.

L'échevin hocha la tête :

« Je crois que nous avons droit à un court répit. Ils attendent sans doute que le soleil soit pleinement levé pour y voir plus clair, et disposer d'une journée entière pour nous massacrer.

— Ce n'est pas très optimiste ça », releva Hébus.

Lanfeust sortit son épée et commença à l'aiguiser.

« Non, mais cela va nous servir. Ces idiots pensent qu'ils ont le temps parce que Jaclare est désemparé. Mais les habitants sont déterminés et leurs pouvoirs magiques sont revenus. Les malandrins risquent d'avoir quelques surprises.

— Reste à savoir si cela va suffire », conclut l'échevin.

Sur les quais, des vieilles femmes ramassaient de fines lamelles de viande et de poisson séchés. Elles les disposaient dans des fûts de chêne en les arrosant de sel. Hébus observa leur manège, intrigué :

« Beurk ! Quelle drôle d'idée d'enfermer le manger dans des boîtes ! Elles ont peur qu'il s'échappe ou quoi ? En plus, ça ne doit pas être très pratique à consommer...

— Mais non, sourit Lanfeust, elles sont en train de les préparer pour une longue conservation.

— Eh bien moi je préfère la nourriture élevée en plein air, délicatement écrasée par mes soins avec ma propre massue, ajouta Hébus. J'te dévore ça sur place en deux coups de dents, sans matière grasse ni chipotage. »

Lanfeust haussa les épaules et observa le devenir du « manger en boîte ». Les fûts, une fois scellés, étaient chargés à bord des caboteurs qui attendaient dans le port. Tout ce qui flottait était paré à appareiller avec femmes, enfants, belles-mères, aliments et bagages.

Lanfeust aperçut C'Ian héler un solide marin afin de l'aider à transporter Cixi, qui avait sombré dans une inconscience alcoolisée. Elle la déposa avec précaution puis s'empressa d'aller aider les femmes à rassembler leurs enfants.

Pendant ce temps, Nicolède s'était installé sur la place du village. Son arrivée permettait de nouveau l'utilisation de la magie et il avait entrepris de recenser les pouvoirs utiles dans la population. Avec l'aide du capitaine Khast, il s'attela à constituer les différents groupes de défenseurs.

Ainsi, le moindre habitant capable d'enflammer un poulet ou de faire pleuvoir des braises fut envoyé sur les remparts, aux côtés des rares initiés au tir à l'arc ou à la fronde. Ceux qui pouvaient faire apparaître des poulets à la braise furent nommés responsables du ravitaillement.

Ebarth le dragonnier rassembla les gens aptes à faire pousser des arbres, des ronces ou n'importe quel obstacle, car on murmurait que les brigands disposaient d'un petit contingent de pétaures de combat. Ils prirent position ensemble le long des fortifications afin de briser l'élan d'une charge trop violente. Malgré leurs protestations véhémentes, ceux qui pouvaient faire éclore des petites fleurs des champs ne furent pas enrôlés.

Toute personne, enfin, en mesure de déclencher des démangeaisons, jaillir des hémorroïdes, accélérer le transit intestinal, ou causer un quelconque désagrément, vint grossir les rangs des marins armés de lourds grappins.

Il n'était pas dit que les habitants de Jaclare se rendraient sans combattre.

Lanfeust s'était assis, profitant de la chaleur

des braseros sous les cuves d'huile bouillante, tandis qu'Hébus se faisait griller un petit en-cas. Il songeait au combat qu'il avait mené dans la forêt, à la férocité des brigands. Il ne se faisait pas beaucoup d'illusions sur l'issue de l'affrontement à venir.

« Si seulement j'avais encore l'épée du chevalier, je pourrais balayer cette menace d'un simple regard, ruminait-il entre ses dents.

— Slurp. Qu'est-ce que tu dis ? Slurp, demanda Hébus en se léchant les doigts.

— Rien, rien. Je songeais que nous devrions rester près de la porte tous les deux, répondit Lanfeust, je pense que c'est là qu'ils vont concentrer leurs attaques.

— Possible. Dis, ca ne sera pas trop mal vu si j'en croque un ou deux après la bataille ? » ajouta Hébus, l'œil pétillant.

Souriant à cette dernière remarque, Lanfeust se détendit un peu. Mais l'accalmie fut de courte durée. Les sous-bois commençaient à s'agiter. Un silence pesant s'abattit sur Jaclare.

« Le calme avant la tempête », murmura un vieil homme.

De nouveau, les visages se tendirent. Tous les regards étaient rivés vers l'ombre des sous-bois.

« LES VOILÀ !!! »

chapitre 18

Assaut

Relayé par des centaines de gorges nouées d'angoisse, le cri d'alarme fusait à travers Jaclare comme une traînée de poudre. Le tocsin retentit. Les hommes se ruèrent à leurs postes de combat. Chacun vérifiait son arme tandis que le sifflement des frondes emplissait l'air. Une jeune femme attisa les flammes des braseros, portant au rouge les cuves où bouillonnait l'huile. Le souffle court, le front inondé de sueur, tous fouillaient du regard la pénombre des feuillages.

« Là ! » hurla l'un des guetteurs en désignant une silhouette qui émergeait de la forêt.

D'un geste, l'échevin Thyrm indiqua aux dragonniers de se tenir prêts. Les deux frères sautèrent sur leurs montures qui renâclaient d'impatience : elles sentaient que le sang tacherait bientôt leurs monstrueuses mâchoires. Les reptiles étendirent leurs ailes tandis que Ebarth et Khast vérifiaient leur harnachement.

Au-delà de la barricade, une curieuse silhouette progressait à grande vitesse vers Jaclare, soulevant un impressionnant nuage de poussière. S'agissait-il du début de l'attaque ? Non, plus probablement d'un égaré. Un fuyard.

Soudain, derrière lui, à quelques coudées à peine, une poignée de mercenaires montés sur de curieux fauves bleutés surgirent à leur tour de la forêt. Ils poursuivaient le cavalier. Et, à en juger par le nombre de projectiles pointus lancés dans sa direction, il était clair qu'ils n'avaient pas l'intention de lui offrir des fleurs. Ou alors tressées en couronne mortuaire...

Sur les remparts, chacun retenait son souffle, suivant avec une passion subite cette chasse cruelle. Car il paraissait évident que le cavalier n'était pas allié de ses poursuivants.

Tout Jaclare était suspendu au sort de cette silhouette encore imprécise au milieu de son nuage de poussière.

Le cavalier, quant à lui, éperonnait sa monture sans ménagement. Il dévalait les pentes herbeuses qui dominaient le port à vive allure. Bondissant, sa monture décrivait d'incroyables trajectoires pour éviter les obstacles et se maintenir à distance. Mais les fauves qui portaient les brigands, excités par la fin qu'ils sentaient proche, gagnaient du terrain inexorablement. Le soleil se reflétait sur les canines démesurées. Fouettés par leurs maîtres, les carnassiers rugirent. Le gibier faiblissait.

Brusquement, deux équipages parvinrent à la hauteur du cavalier. Ils se placèrent de part et d'autre de ses flancs.

L'un des brigands se leva en selle. Il laissa les rênes attachées au pommeau. Debout, il amortissait les chocs de la course en fléchissant ses genoux. Puis il bondit, lançant en avant ses mains dardées de crochets acérés. Alors qu'il allait planter ses redoutables lames dans la monture du cavalier, ce dernier se retourna. Et d'un majestueux coup d'épée, décapita son assaillant.

« Yeepee !!! » lancèrent d'un même élan

tous ceux qui guettaient sur la Muraille. Même Hébus commençait à s'enflammer pour cette palpitante course-poursuite :

« Il est pas mauvais le bougre, hein Lanfeust ? siffla-t-il, admiratif.

— Ouais, répondit le jeune homme, mais j'ai l'impression que si personne n'intervient, il risque de finir dans un autre estomac que le tien, regarde ! »

Le cavalier multipliait les prouesses, zigzaguant pour tenter de semer ses poursuivants. Il se rapprochait de plus en plus vite des fortifications de Jaclare. Bientôt, il serait sauf. D'ailleurs on commençait même à distinguer les contours de la créature qu'il chevauchait : une sorte de dragon bipède, puissant, tout en muscles et en dents.

« Kikinou ! lâcha soudain Lanfeust au grand étonnement de tous.

— Kikinou ? Ce type vit avec un nom pareil ?! dit Hébus en haussant un sourcil. Il est encore plus héroïque que je le croyais...

— Mais, non, précisa le jeune homme, lui c'est le chevalier Or-Azur ! Kikinou, c'est le surnom de sa montu... »

« HHHIIIIRRRKKKK ! »

Le cri avait résonné comme un glas sinistre. Un hurlement de souffrance et d'impuissance :

le dracosaure venait d'être mortellement touché. Vacillant, il tenta de poursuivre sa course, le flanc inondé de sang. Puis il s'abattit, agonisant. Le monde comptait un Kikinou de moins. Le chevalier, violemment éjecté, continua de dévaler la pente en roulant. Lanfeust le reconnaissait bien, à présent. Le chevalier jadis venu faire réparer son épée à Glinin possédait un chapeau qu'on ne pouvait confondre avec aucun autre.

Les mercenaires ralentirent leurs montures, un large sourire aux lèvres. L'un d'entre eux sauta de son fauve, le conduisant vers le cadavre encore chaud du dracosaure. Et, tandis que le carnassier éventrait d'un coup de dent cette proie offerte, le brigand leva le poing vers le ciel.

De son côté, Lanfeust avait suivi du regard la trajectoire d'Or-Azur. Ce dernier tentait de se relever à une centaine de coudées de la Muraille. Empêtré dans les filets de défense, il ne parvenait pas à retrouver une position verticale stable.

« Il faut y aller, déclara le jeune homme à son compagnon.

— Attends une seconde, répondit Hébus, regarde ce qui arrive par là ! » dit-il en désignant la lisière des bois qui dominaient Jaclare.

Des dizaines, non, des centaines d'ombres se détachaient des arbres. Chaque taillis, chaque buisson semblait prendre vie, s'extraire des frondaisons pour partir à l'assaut. On aurait dit que la forêt tout entière se soulevait pour avaler le port.
Soudain, dans une assourdissante clameur, les ombres se mirent à courir, brandissant sabres et haches, révélant leur véritable nature à la lueur d'un soleil crépusculaire : près d'un millier d'hommes et de créatures se déversaient sur les pentes verdoyantes. L'heure du massacre avait sonné !

Plus bas, le chevalier, enfin debout, s'époussetait d'une main distraite avec son chapeau. Hypnotisé par ce fascinant spectacle, il restait sidéré, incapable de la moindre initiative. Ses poursuivants, quant à eux, s'étaient arrêtés, attendant que la vague mortelle les rejoigne.

Sur les fortifications, tous se taisaient, murés dans d'intimes réflexions. La plupart luttaient pour ne pas s'enfuir en hurlant, d'autres esquissaient une ultime prière.

Quelques-uns uns seulement se préparaient au corps à corps. Plus personne ne s'intéressait au sort d'Or-Azur.

La marée hurlante poursuivait sa progression. De plus en plus rapide. De plus en plus proche. Les cris se confondaient avec le fracas des armes entrechoquées, les feulements avec les chants cadencés des conducteurs de pétaures.
Conduisant la horde, quatre de ces gigantesques créatures, entièrement caparaçonnées de cuivre et d'acier, portaient de lourdes nacelles hérissées de lames tranchantes. À l'intérieur, beuglait un chœur martial d'une vingtaine d'hommes lourdement armés.

Sur le visage des assiégés, la stupéfaction avait laissé place à la terreur puis à la résignation : envolées les paroles de Lanfeust, oubliés les exploits éphémères du cavalier ! Les défenses de Jaclare paraissaient bien dérisoires devant une telle offensive.
« Concentrez-vous sur les pétaures ! » hurla l'échevin.
Debout sur le rempart, Thyrm lançait des bordées d'ordres afin de tirer ses hommes de leur stupeur.

« Archers, à vos postes ! Que tous ceux qui possèdent un pouvoir utile se préparent ! »

Petit à petit, il parvenait à insuffler une énergie nouvelle parmi les défenseurs. La Muraille elle-même semblait plus haute tout à coup, plus solide.

« Ebarth ! Khast ! Ne décollez pas avant mon ordre ! Vous n'interviendrez que lorsqu'ils seront sur nous ! »

Le chevalier Or-Azur avait tiré son arme et reculait à pas mesurés. Hors de question de chuter de nouveau en cet instant. Malgré sa prudente retraite, l'épée au clair et le plumet au vent, il ne manquait pas d'un certain panache.

La horde accélérait sa marche.

Sur la muraille, les vibrations produites par le pas lourd des pétaures faisaient des ronds à la surface de l'huile bouillonnante. Les cordes des arcs étaient tendues à se rompre.

Lanfeust regarda Hébus. Le troll lui renvoya un sourire énorme.

« Allons-y ! » dirent-ils dans un même élan tout en sautant du haut de la barricade. Hébus se reçut en laissant un trou au sol, Lanfeust en disant aïe. Puis les deux compagnons se précipitèrent sur le champ de bataille en vociférant.

Le chevalier n'était qu'à quelques dizaines de coudées à peine. Mais de l'autre côté, les premiers rangs de la horde étaient presque sur lui. L'un des pétaures lui fonçait droit dessus. Or-Azur faisait face, campé sur ses deux jambes. C'était bien un pur produit des Baronnies d'Hédulie : il allait se faire écraser par le monstre mais ne bougeait pas.

« Huk ! Huk ! Huk ! Décidément, Troy est tout petit ! On se croise sans cesse ! » lâcha Hébus en dépassant le chevalier.

Or-Azur, surpris, marqua un temps d'arrêt.

« Mais que...

— Suivez-moi, chevalier. Nous n'avons aucune chance de survivre en restant là, s'écria Lanfeust en le tirant par la manche.

— Mais... Mais qui êtes vous ? Et que fait cette bête sauvage ici ?

— On verra plus tard, Or-Azur ! Hâtez-vous ! insista Lanfeust.

— Faquin, vous voilà soudain bien familier. Nous nous connaissons ? (Son front aristocratique se creusa d'une ride de réflexion, puis il ajouta :) Ah ! Oui ! L'amuseur de la forge de Glinin... Eh bien, figurez-vous, mon bon, que je pistais un courrier du baron de Porule, mon ennemi héréditaire, lorsque je...

— Plus tard, plus ta... »

« GGRRIIIIKKK ! »

Le hurlement sidéra les deux hommes. Regardant dans la direction du pétaure de combat, Lanfeust et le chevalier écarquillèrent les yeux. Là, à quelques foulées devant leurs pieds, la monstrueuse créature venait de se figer. Dans un craquement assourdissant, l'animal se scinda en deux, libérant une impressionnante quantité de sang. La nacelle, lourdement chargée, s'effondra en arrière et écrasa ses occupants dans sa chute.

Le monceau de tripes et de boyaux qui s'était échappé du pétaure se mit à remuer :

« Ma foi, c'hest touchours bienvenu... miom chomp... un pancréas de pétaure bien frais pour le goûter », déclara Hébus en s'extirpant du tas de viscères fumants.

Pendant que Lanfeust essayait de récupérer le chevalier, le troll s'était glissé sous l'animal et l'avait tout simplement éventré à grands renforts de griffes et de dents. À présent, il se léchait les doigts tandis que les volées de flèches sifflaient autour de lui. Le gros de la horde était presque sur eux.

« Hébus ! Arrête de t'amuser ! On va se faire massacrer si on ne file pas ! » cria Lanfeust.

Les trois compères repartirent vers la

Muraille en courant sous les projectiles, lances, flèches et poignards des brigands.

Les deux dragons de Jaclare avaient pris leur envol. Ils multipliaient les passages en rase-mottes, ouvrant de larges blessures dans les rangs ennemis. Rapidement, les archers mercenaires s'organisèrent et les frères Wadhalla durent augmenter leur altitude de survol.

Un petit détachement, monté sur de grands fauves, se sépara du reste de la troupe assaillante pour atteindre la porte. Le commando était visiblement chargé d'éliminer toute résistance à ce niveau. Les grelots de la tenture tintinabulèrent dès le premier assaut, mais les assiégés n'avaient pas besoin de ce signal pour savoir que l'heure était critique. Malgré l'ardeur des défenseurs, les assaillants étaient d'une redoutable efficacité. Ils abattirent un à un les plus exposés, finissant par incendier la barricade. Rapide, insaisissable, l'un des fauves bleus débarrassé de son cavalier sauta sur la Muraille. Il commença à égorger tous les hommes qui passaient à la portée de ses redoutables mâchoires.

Hébus et ses compagnons étaient enfin parvenus au pied de la fortification, tandis que les brigands atteignaient les filets de défense. Les combats faisaient rage. Tout n'était plus que cris et massacres.

« Dépêchez-vous de grimper ! ordonna Lanfeust.

— Si vous pouviez demander à votre ami à la forte pilosité de m'aider à monter, nous y serions plus vite ! » répondit Or-Azur, éprouvé par les derniers instants qu'il venait de passer.

Alors que le troll s'apprêtait déjà à propulser leur noble invité d'une délicate poussée pédestre dans le bas des reins, Lanfeust perçut un éclat à la ceinture du chevalier. La garde de son épée :

« L'ivoire du Magohamoth ! lâcha-t-il, comment ai-je pu l'oublier ? ! Chevalier ! Donnez-moi votre épée, vite !

— Ah non ! ça ne va pas recommencer, répondit celui-ci, je vous ai déjà dit que je ne m'en sépa... Gloups.

— Toi, tu fais comme on te dit », intervint Hébus en saisissant le chevalier par la cape, l'étranglant à moitié.

Profitant de ce soudain changement d'avis d'un Or-Azur en apesanteur, Lanfeust se saisit de l'arme. En quelques bonds, il se hissa sur les fortifications. Il leva l'épée vers le ciel tandis que ses cheveux se dressaient. Une couronne rousse striée de deux mèches sombres auréolait son visage.

Une tornade de flammes se forma autour de la lame, grossissant à chaque seconde. Les traits de Lanfeust s'étaient crispés en un rictus destructeur.

Tandis que le phénomène atteignait d'impressionnantes proportions, le jeune homme visualisait les bourrasques de feu qu'il allait lâcher sur les brigands. Une grande confusion s'abattit soudain de part et d'autre. Il allait se passer quelque chose d'exceptionnel.

Lanfeust, transfiguré par l'effort, fixa ses adversaires. Puis il déchaîna le Pouvoir.

Le Pouvoir Absolu.

Des langues de feu jaillirent de la tornade, s'étirant au travers des rangs ennemis, brûlant, emportant les hommes comme des fétus de paille. Des dragons de flammes se matérialisèrent, crachant leur haleine infernale, soufflant le meurtre et la destruction.

Nul ne pouvait échapper à cette malédiction flamboyante.

Tout le pied des montagnes était embrasé. Aussi loin que portait le regard, un océan de flammes dévorait les corps des assaillants. Seul le village de Jaclare, préservé au cœur du cyclone de feu, échappait au brasier.

Certains brigands étaient emportés à des hauteurs vertigineuses. Les corps se consumaient dans une horrible odeur de chairs calcinées. D'autres se fracassaient, projetés à des centaines de coudées contre les arbres. Quelques-uns, enfin, s'empalaient sur les hautes branches.

Sur les remparts de fortune, les défenseurs de Jaclare retenaient leur souffle, ébahis par la puissance déchaînée. Lanfeust restait immobile, en transe, l'épée levée focalisant les ondes de puissance.

Durant d'interminables minutes, la Mort

emporta la horde, hommes et démoniaques montures confondus, dans une implacable danse écarlate au rythme des hurlements et du souffle des flammes.

La plupart des assaillants avaient cessé de vivre. Un vent violent emportait leurs cendres vers le large. Quelques corps tournoyaient encore en hurlant, haut dans le ciel. Lanfeust baissa doucement l'épée, et tout s'arrêta.

Le garçon glissa à genoux, épuisé. La lame des Or-Azur s'échappa de ses doigts. On ne percevait plus que les derniers cris de ceux, encore saufs, qui retombaient après avoir été projetés dans les airs. Des cris qui se terminaient, à chaque fois, par un grand bruit écœurant lorsqu'ils s'écrasaient.

De l'armée mercenaire, il ne restait plus que des centaines de cadavres. Un gigantesque charnier dont les quelques rares survivants sortiraient fous à lier.

Sur la Muraille, les hommes de Jaclare restaient silencieux. Un sentiment étrange flottait, un mélange d'admiration et de crainte vis-à-vis de ce déchaînement de pouvoir. Une sorte de respect superstitieux qui poursuivrait longtemps Lanfeust dans cette région. Imperceptiblement, les regards convergeaient vers lui. Le jeune homme restait hébété, contemplant le massacre dont il était responsable.

Lorsqu'il reprit la parole, ce ne fut que pour balbutier quelques mots :

« Bein... Voilà..., articula-t-il avec peine.

— Tu n'avais pas le choix, dit Nicolède avec gravité. Tu as sauvé la vie de centaines d'hommes, de femmes, d'enfants innocents.

— Mais, je...

— C'est incroyable, déclara l'échevin qui arrivait à grands pas, je n'avais jamais entendu parler d'un pouvoir aussi puissant.

— Parsamborgne ! renchérit Or-Azur. C'était un joli tour, et je n'ai pas trouvé le truc. Je dois bien avouer que vos charlataneries semblent parfois de quelque efficacité. »

Lanfeust demeurait muet, contemplant avec horreur le charnier.

« Bon, reprit Nicomède en se tournant vers Thyrm. Je pense que votre problème est résolu à présent. S'il reste des brigands dans les montagnes, ils éviteront désormais Jaclare. Vous n'aurez plus besoin de nos services avant longtemps. Si vous êtes d'accord, nous embarquerons donc pour Eckmül tout à l'heure. (Puis, rivant son regard dans celui d'Or-Azur :) Quant à vous, puisque nos routes se croisent à nouveau, chevalier, j'aimerais que vous nous accompagniez.

— Il me semble vous avoir déjà dit que... Gloups... »

Une grosse patte velue venait de saisir le col de dentelle de l'aristocrate :

« Les désirs de mes amis ne sont pas contestables », conclut Hébus, forçant, une fois de plus, leur prestigieux invité à s'éloigner du plancher des gramoches laitières.

Heureusement, les capes des Baronnies sont solides. Sans quoi la face de l'Histoire eût pu en être changée !

Épilogue

Tout était parfait. Le caboteur marchand longeait la côte en inscrivant des rides sur la mer paisible. L'air sentait bon l'iode et le bois huilé.

Accoudé à la poupe, le sage regardait s'éloigner, derrière le navire, les dernières falaises de schiste brun. Leurs piliers majestueux plongeant dans la Mer du Ponant s'érodaient un peu plus à chaque lieue. Un ultime détour et ils disparurent pour de bon, remplacés par de simples collines. Le caboteur venait de quitter le territoire maritime de Jaclare.

Dans quelques heures, le paysage côtier prendrait un aspect plus monotone. Des champs herbeux succéderaient aux forêts basses. Routes et villages se multiplieraient. Des paysans les héleraient de la côte en agitant leurs chapeaux de paille. Et un beau matin, ils accosteraient finalement le long des docks bruyants et surchargés d'Eckmül la magnifique, ville éternelle, à des centaines de lieues de là.

« Et voilà, dit Nicolède, cette aventure est déjà derrière nous. Dans moins de trois semaines, nous atteindrons la cité du Conservatoire. »

Accoudée au plat-bord, Cixi s'éveillait doucement. Elle tenta de se redresser sur ses jambes.

« Oula... Quel soleil ! J'ai un de ces mal de tête, moi... Mmm, où sommes nous ? La fête est déjà finie ?

— Oui, et tu as manqué un sacré spectacle, dit C'Ian. Les garçons ont guerroyé vaillamment. Mais nous sommes déjà partis depuis plusieurs heures...

— Guerroyé ? Je me souviens seulement que Lanfeust s'est battu pour moi. J'en déduis donc qu'il a été victorieux. Où est-il à présent, que je le remercie comme il convient ?

— Il est sur le pont juste au-dessous de

nous. Mais Cixi, je te rappelle que Lanfeust est *mon* soupirant... »

Lanfeust gardait le regard fixé sur le large. À ses côtés se tenaient Hébus et le chevalier Or-Azur, poils dans la brise et cheveux au vent. Le troll semblait nerveux d'être entouré de tant d'eau.

Nicolède quitta le château arrière du caboteur et descendit l'échelle de bois qui conduisait sur le pont. Il s'approcha de Lanfeust :

« Tu es bien silencieux. À quoi songes-tu ?
— Une chose m'intrigue. Comment se fait-il que nos pas croisent sans cesse ceux du chevalier Or-Azur ?
— C'est vrai, ça, dit Hébus en fixant le chevalier de dessous ses soucils froncés. Pourquoi étiez-vous aussi à Jaclare ? »

Or-Azur haussa les épaules.

« L'explication est simple : je me rends également à Eckmül.
— Quoi ? s'exclamèrent les compagnons. Et vous ne pouviez pas le dire avant ? Nous aurions pu voyager ensemble depuis Glinin.
— Peuh ! Une personne de mon rang n'a pas à partager ses secrets avec des roturiers. Je suis en mission, moi. Pas en promenade. »

Lanfeust se tourna vers Nicolède.

« En parlant de promenade, je songeais à ce

pouvoir si absolu. Je me demandais juste si je ne pourrais pas plutôt nous transporter instantanément jusqu'à Eckmül. Trois semaines de voyage, je trouvais ça un peu long.

— Ah... ? Euh, et bien, ma foi, cela vaut la peine d'essayer...

— Merci, maître Nicolède ! dit Lanfeust avec enthousiasme. Assistant ? Épée, s'il vous plaît. »

Hébus souleva le chevalier du sol.

« T'as entendu Lanfeust ? Allez vite ! Huk ! Huk ! Huk !

— Mais certainement, répondit l'aristocrate en tendant l'épée de mauvaise grâce. Votre trollesque assistant me le demande avec tant de courtoisie. »

Lanfeust brandit la lame vers le ciel et se concentra une fois encore. Ses mèches rousses se soulevèrent.

« Eckmül... Je veux nous transporter à Eckmül... »

Un vent mauve se leva. Des langues iridescentes enveloppaient déjà le jeune homme. Dans le ciel, les oiseaux épouvantés s'éparpillèrent.

« ... Eckmül... Ça va marcher... »

Lanfeust transpirait à grosses gouttes. Il n'y voyait plus rien. Autour de lui, un tourbillon d'énergie colorée s'était emparé du navire.

« Ça va marcher, ça va marcher, ça... »

« ... va pas la tête, non ?!? »

— Pardon ? dit Lanfeust, dont les idées n'étaient pas encore tout à fait claires.

— Je dis que vous êtes complètement siphonnés ! »

La voix provenait de plus bas. Dix-sept toises plus bas exactement. C'est-à-dire la distance entre le bastingage du navire et la place du marché sur laquelle il venait d'apparaître.

Totalement empêtrés, Lanfeust et ses compagnons étaient suspendus dans la toile et les cordages. Ils tentèrent de tourner la tête, afin de distinguer autant de choses que leur position délicate le permettrait.

Certes, ils étaient bien arrivés à Eckmül, instantanément transportés. Mais Lanfeust s'était trop concentré sur la ville elle-même et n'avait pas songé à viser les bassins du port. Le spectacle autour d'eux était pour le moins surprenant : le caboteur gisait couché sur le côté au beau milieu de la grand place du marché. Partant de là, des venelles tortueuses s'étiraient vers l'intérieur d'une ville grouillante d'activité. De loin en loin, des gens sortaient aux fenêtres des tours, riant ou hélant les passants qui commentaient le spectacle de cette arrivée incongrue.

« Si je puis me permettre une remarque, le port est loin par là-bas, pouffa Cixi. Regarde toi-même, Lanfeust. Oui, tire un peu sur la corde qui enserre ta tête et ta jambe droite, tu devrais l'apercevoir aussi. Ton pouvoir m'a l'air, heu, très intéressant. Mais à mon avis, il va te falloir encore un petit peu d'entraînement avant de le maîtriser parfaitement...

— Hep ! Vous, là-haut ! Vous m'entendez ? » avait repris la voix.

Lanfeust baissa les yeux. Sur le sol dallé de la place, un marchand barbichu trépignait de rage.

« Oui, vous ! Ne faites pas semblant de ne pas comprendre. Avec votre navire, vous êtes couché sur mon étal ! Vous avez tout écrasé ! Vous me devez trois cent cinquante dragons d'argent et je ne compte même pas l'amende de cent dragons de cuivre que vous allez devoir payer pour le stationnement illégal !

— Cent dragons de cuivre pour stationnement illégal ? s'ébahit Nicolède. Aucun doute, Lanfeust, tu as réussi. Nous sommes bien à Eckmül... Maintenant, heu, si quelqu'un voulait bien nous aider à redescendre... »

*

Eh oui ! À peine les compagnons étaient-ils arrivés que de nouveaux ennuis se profilaient déjà. Et ce n'était qu'un début. Car l'aventure, croyez-nous, ne faisait que commencer, tout comme la formidable épopée de Lanfeust de Troy !

À présent, vous pouvez vous détendre, faire une pause et aller vous chercher un petit quelque chose à grignoter. Ne prenez rien pour nous, on a déjà mangé. Mais nous profitons de l'occasion pour vous inciter à visiter le marché d'Eckmül. L'artisanat local y est d'une rare beauté et de nombreux marchands y proposent des merveilles à des prix tout à fait abordables. Personnellement, nous vous conseillons de visiter le bazar de Votel de L'Hille. C'est un véritable temple pour dégotter les dernières tendances. En plus, si vous y allez muni du présent ouvrage, on vous offrira une réduction de... Pardon ? Comment ? Ah, on nous fait signe qu'il faut faire court. Euh, donc, à la prochaine, pour la suite des aventures de Lanfeust dans Thanos l'incongru *!*

... Et n'oubliez pas d'éteindre la chandelle en sortant. C'est vrai, quoi, après on a des problèmes de facture avec le comptable de l'université d'Eckmül. Vous connaissez ces types, toujours à râler... Quoi ? Oui oui, c'est fini. Allez, salut, à bientôt !

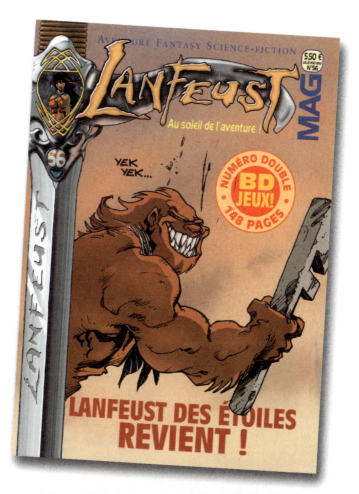

TOUS LES MOIS EN KIOSQUE !

Composition *Jouve* — 53100 Mayenne

Imprimé en France par ***Partenaires-Livres*®**
N° dépôt légal : 48492 - juillet 2004
20.07.0864.7/03 - ISBN 2.01.200864.X

Loi n° 49-956 du 16 juillet 1949
sur les publications destinées à la jeunesse